송인숙 제4시집

또 다른 하루

송인숙

송인숙

1952년 충북 청주에서 출생하였고 한국방송대학 행정학과를 졸업하였다. 청주 청원군 보건소에 근무를 하였고 서울시 공무원으로도 근무하였다. 제1시집 "목련이 피면"을 출간하면서 시인으로 등단하였고 꾸준한 창작활동으로 제2시집 "봄 여름 가을 그리고 겨울"과 제3시집 "나의 봄을 기다리면서"를 출판하였고 이제 제 4시집 "또 다른 하루"를 세상에 내놓는다. 그리고 수필집 "파킨슨 환자의 고백-세상이 나에게 준 선물"도 출간하였다.

송인숙 제4시집
또다른하루

초판1쇄 인쇄 | 2025년 4월 1일
초판1쇄 발행 | 2025년 4월 1일
펴낸곳 | 도서출판 그림책
지은이 | 송인숙
디자인 | 이정순 / 정해경
주 소 | 경기도 수원시 영통구 이의동 웰빙타운로 70
전 화 | 070-4105-8439
E - mail | khbang21@naver.com
표지디자인 | 토마토

송인숙 제4시집

또 다른 하루

또 다른 하루

아주 고요한 새벽
모두 잠들어 침묵이 흐르는 시간이라서
더욱 무서워지는 여명에 희망이여 솟아나라
태양이 떠오르기 전에 미래를 위한 노래를 힘차게 부르자

사람의 운명이 태어날 때 정해진 것이라면
세상을 만들어가는 조물주가 원망스럽다
열심히 살아 열매가 익기도 전에
꺾이고 사라져 가는 삶의 일상들
영원히 살아갈 수 없는 운명이라면
내 시간을 운명에 맡기지 말자

하루하루 지나가는 사랑은 나일 것이다
주변으로 감싸고 있는 조건에 굴복할 필요는 없다

생각해야 할 것과 손안에 쥐고 있는 그 무언가가 많아
더 잡을 수 없이 감사하며
포기한 소망을 하루하루 즐기려 할 때
운명은 잔혹하다
찾아온 나의 불치병

주저하며 눈치 볼 틈 없이 시간은 가고 있다
무언가 할 수 없을 때
현재 이 시간을
미래의 시간들이 얼마나 그리워할까 생각할수록
헛되이 살고 싶지 않다

처해진 상황에서 아름다운 글이 아니라도 글을 쓰자
다음 생에 태어나 현재의 글을 보고
어디선가 본 듯한 느낌을 가질 수 있는 글
영혼을 기억할 수 있는 느낌을 글로 쓰자

포기한 소망을 하루하루 찾아가고
나를 찾아가는 소중한 시간
그 소중한 시간 속에서
나의 네 번째 시집
"또 다른 하루"를
세상에 내놓는다

송인숙 제4시집
또다른하루

3부
세월이 부르는 노래

1부
자연이 부르는 노래

멋진 날

하늘이 유난히 맑아
햇살이 화사하게 비치는 멋진 날

헝클어진 머리 단정하게
걸친 옷은 아니어도
가을걷이 바쁘게 하는
농부의 아내

들깨 터는 소리가 고소하고
향긋한 들기름
냄새 풍겨오면 콩깍지에 갇혀 있는
콩들이 자유로이 튀어나오고 싶어
벌어져 튀어나오는 소리가
타악기로 들리는
마당에서 쉴 새 없는
여인의 가을은
화사한 신부의 멋진 날보다
더 가슴 벅찬 감동이 있다

농촌의 풍경도 세월 따라 변하고
도시에서 살아가는 우리의
멋진 날은
외부의 어떤 압력에도 굴하지 않고
가슴에 새긴 의지를 간직하고
사는 것
잘못된 걸 잘못되었다고
말할 수 있는 용기가 있는 날이
멋진 날이다

개나리 노래

벚꽃보다 먼저 피어난
노오란 개나리

은둔의 세상에서 기회 엿보다
보일 듯 말 듯한 꽃잎 속에
숨겨진 아름다운 노래

한 닢, 두 닢, 꽃 닢
피었다 지어도
다시 피어나는 개나리

포기하지 않는 삶을
표현한 지혜는
힘든 세상 이겨내라고 격려하고 있다

파란 잎이 수북이 피어오를 때까지
꽃닢은 피고 지고 한다

꽃잎 한 송이는
큰 감흥 안 일어나지만
금세 사라지는 꽃잎 대신해
연속해서 피어나는
개나리꽃의 인내는
포기하지 않는 인생을
봄날에 선사한다

벚꽃

따스한 봄날에 벚꽃은
용광로에서 쏟아지던
찬란한 불꽃처럼
한꺼번에 다가왔다 금세 사라지는
봄의 꽃

폭풍 이루고픈 꽃의 향기는
가슴 아픈 기억에
영롱한 꿈을 던지고 떠나가는
아쉬움 남긴다

벚꽃의 물결은 바람결 따라 강렬하다
모든 걸 삼켜버릴 듯한 정열의 물결
모든 꿈들이 익어 이루어져 꽃 속에서
터질 것 같은 닫혀있던
마음의 문마저 활짝 열려
속이 다 보이는 벚꽃의 속내는
사랑하라, 사랑하라

아름다운 꽃은 한 순간인 것을
꿈속에서 일어나는 일처럼

꽃비 나리면
모두 흩어지는 꽃잎처럼
한꺼번에 쏟아지는 인생의 허무함에
슬픔이 가득하여 잠시 피었다
사라지는 벚꽃처럼
갈 길을 가고 있는 인생의 길

산벚꽃 1

창문 앞에서
이른 아침에 눈부시게 핀 산벚꽃이
가지에 매달린 작은 종처럼
흔들어 사랑의 노래 부르는
산벚꽃

빈약한 작은 꽃이 단순하게 피어
종을 쳐 메아리쳐 보지만
또 잠시 이별해야 하는
산벚꽃

떠났던 님처럼 다시 돌아와
가지에 매달린 종처럼 울리고
돌아갈 날 준비하고 있는
산벚꽃

세상이 무서워 자기 소리 내지 못하고
숨죽여 살고 있는 연약한 생물처럼
연약한 꽃잎으로
아름답게 피어있어도
화려한 왕벚꽃에 감탄사 터져 나와도

내 갈 길 지키는 산벚꽃은
소박한 미소 간직한 아름다움
영원히 간직하리라

성에

아주 오래된 기억, 꿈 많던 소녀
양옥집 유리창 얇은 유리로
세상 밖과 소통하던 날

추운 겨울 쏟아지는 잠
이기지 못하던 객지 나온 소녀는
곤한 잠 깨고 일어나면
유리창에 잔뜩 끼어 있던 성에

손가락 온기로 성에에 글을 쓰면
조금씩 베어 나온 사랑의 편지
보고 싶다 가고 싶다
집안 온기 채워져 따스한 열
창가에 닿으면 기다릴 틈도 없이
쏟아져 내리는 성에의 운명

꿈이 영글어 탄탄한 소원으로 빛날 때
현실의 진실이
꿈을 포기하며 살라고 위로할 때
울고 싶었던 눈물처럼
세상을 감추고 막아주던 성에는
한순간에 쏟아진다

눈물처럼 줄줄 흐르는 성에 자욱
밤새 얼음조각으로 꿈 펼치듯
그림 그리다가
따스한 그리움의 눈물처럼 사라지던
성에의 기억들

낙조

서울의 서쪽하늘 오렌지 빛 낙조가
금빛으로 차오르면
아름답게 비치는 서울의 가장자리
산새소리 들려오는 숲속은
어둠이 자리 잡는다

황금빛 저녁놀과 점점 길게
칠해져오는 푸른 숲은
어둠이 자리를 잡는다

황금빛 저녁놀과 점점 길게
칠해져가는 푸른 숲
저녁 만찬을 끝낸 새들의 노래 소리
보금자리에서 유희하는 새들
사람들은 어둠을 싫어하지만
어둠은 평화의 시작이다

불빛이 비치지 않는 자연의 어둠은
숨이 멎을 듯 고요해지면 휴식시간이
햇빛이 비치기 전
숲의 어둠은 새들의 보금자리이다

숲에 몸을 의지하고
평온의 꿈을 꾸는
새들의 숲속

어둠이 깔리면…

태풍의 눈물방울

한남노 태풍이 몰아쳐 오던 날
태풍은 남쪽 지방에 큰 상처 주고
동해로 빠져 나갔다

태풍의 그늘진 영향은
밤새 내 님 오는
발자욱 소리로 비가 내린다

무서워 창문 열고
얼마나 많은 비가 올까
밤새 창문 두드린 눈물 빗방울
유리알에 남긴 흔적!
내님 그림자처럼

또 떠나갈 준비하는 님의 모습
험한 태풍처럼 다가와서
창문에 부딪혀 떨어지는 빗방울은
그리움의 기다림 되어 흩어진다
못 올 줄 알면서

태풍처럼 밀려와
창문에 부딪히는 빗방울처럼
눈물로 그리움 쏟아내고 싶은

보고 싶은 님
꿈에서라도 만날 수 있다면

아롱이 다롱이

길가에 심어져 있는 가로수가
찬바람 불어 떠나갈 준비할 때
노오랗게 물들어
햇살 풍만한 오후에
반짝이며 춤을 추는 잎새는
옆에 서있는 나무에게도 재촉하네

푸른색으로 그동안 함께 했으니
떠날 때도 같은 색으로…
아롱이 다롱이라고
모양과 성격은 다르더라도
모든 자식 사랑 똑같이 베풀어
아롱이 다롱이라고 했던 부모님

학생들이 교복을 입고
서 있는 모습도
비슷한 얼굴 정다워 보여
선생님 눈에 아롱이 다롱이로
보이는 학생들

교정에 심어진 나무들도 가을엔
비슷한 색으로 물들어 떠날 준비하고
지구에 공존하는 모든 생물들이
서로 보완하고
서로 의지하며 버릴 것이 없는
세상살이는 조금 앞서가는 자가
우수할 뿐이고
우리는 아롱이 다롱이로 살아가야…

아름다운 날에

하늘은 티 없이 맑고
바람 한 점 없는 고요한 아침
찬란한 태양이 아름다운 날 감쌀 때
쏟아지는 거룩한 침묵
이유 없이 말 못하고 하늘나라로 떠난
이들 생각에 아무 말도 할 수 없다
이슬처럼 맑게 왔다가 한 순간
사라져간 그 아픔을…

왜 참사가 있었는지
코로나 통제 속에 갇혀있던 꽃들
자유를 찾아 우르르 쏟아져 나오던 그날

천둥비, 미세먼지 없는 아름다운 날
상큼한 청량한 맑은 가을날
시월의 마지막 저물어가던 그날
더 살고 싶고
아름답게 속삭이고 싶었던
꽃 같은 그날
잔혹한 가시가 있었음을 모르고
모여들어 잔치 벌이고 싶었던 그날
한순간에 스러져간 꽃들처럼
사라져간 청춘

아름다운 날에 떠나간
가슴 아픈 영혼들이
고요한 아침에 눈물을 흘린다

- 그렇게 떠나고 싶지 않았다고
  아름다운 가을날에

20 또 다른 하루

가을의 노래

겨울의 문턱에서 떠나지 못하는
나뭇잎들의 아름다운 향연

떠나갈 날 준비한 곱게 물든
가을의 노래는
보는 이들의 맘 설레게 하고
꽃보다 더 많은 생각을 주는 낙엽은

한참 서성이다가 떠나가는
모든 자연을 사랑했다고 고백했던
여름에 흔들리던 싱그런 잎사귀들은
한꺼번에 쏟아지지 않는다

각기 태어난 개성에 따라 변하는
자연의 종말은
세상구경 더 하게 만드는
따뜻한 아름다운 가을의 노래는
떨어진 낙엽이 놀러가는 소리

달빛 비치는 가을밤에
만물이 잠들지 못하고
가을의 노래되어 들려온다

가을은 떠나가는 날

가을은 해마다 똑같지 않은
자연의 빛깔로 다가와
세상을 물들이고
떠나가는 낙엽은 바람 따라
떠나간다

낙엽을 보면 인생의 길은 똑같다

조용히 가고 싶지만 어떻게 가야할 지
막막하게 느껴지는 잠 못 이루는 밤

낙엽이 창문 두드리면
가을날 아쉬움을 남기지 않고
떠나가리라

다른 사람에 비유하지 않고
살아왔듯이
떠나갈 때도 자유롭게 떠나가리라

세상에 미련 남기지 않고
날개달린 새처럼 춤추며
가을날 떠나가리라

잔인한 시월

하늘은 더 맑고 높아 상큼한 날
햇살 청량하게 비추면
꽃피는 봄보다 시월을 만끽하고 싶은
일생을 마감하려 아름답게 치장하는
자유의 몸부림

살기 좋은 세상임을 느끼게 하는
하루하루
가을바람 와준다면
부풀어 오른 가슴을
차분히 가라앉힐 것을

시월의 마지막 저물어가는 저녁노을은
화려한 빛의 물결로
젊은 청춘 유혹하여
숨 쉴 공간 없이 모이게 하여
꽃처럼 아름다운 청춘 빼앗아간다

잔인한 시월의 그날 잊지 말자
세상을 날아가고 싶은 날
맑고 밝은 날 속에 감춰진
악의 그림자

시월엔 그들이 흘린 눈물이
비가 되어
소리 없이 오래 왔으면

달팽이 등

소중한 시간을 간직한
흔적 버릴 수 없어
무작정 등에 지고 가려하는
달팽이 등

세월의 소리 들을 수 없어
지난 시절의 흔적
그대로 상처가 되는
가슴에 남겨진 환경 탓에
욕심을 버리고 꿈으로 향한
달팽이 등속에 숨은 진실처럼

동네 뒷산의 도토리나무에서
쏟아지던 도토리 알처럼
흥분하고 즐거워한 순간마다
포기하고 나누어 주어야 할
욕심의 바구니

달팽이 등속에 숨은 진실은
욕심인지 나의 길인지…
이제 진실을 덮은 껍데기는
벗어버리자

벗겨버린 자신의 용기가
이세상과 입맞춤하고
세상 눈치 보지 말고
살아가기를

바람

이른 아침 유월의 찬란한 태양의
은밀한 미소로 구름 가르고
산새들은 고요한 침묵의 순간에
바람 주저함 없이 다가오다

어렸을 적 언덕 위에서 불어주던
명주치마 자락 같은 바람
일하는 엄마 찾으러 갈 때
보드라운 손길 애틋한 사랑으로
속삭여준 바람이

오랜 세월 잊지 않고 창문 너머
무성한 나뭇잎새
출렁이는 파도 물결 일으키며
옛날 그 바람이 잊지 않고 일어난다

바람은 숲에서 속삭여주고
세월이 흘러도 변한건 아니라고
격정의 바람이 불어도 지나가기를
기다려야하는
바람이 몰고 오는
옛이야기들

비밀의 정원

숲속 나무들의
녹음 우거지면
무성해진 숲속의
싱그런 향기

미풍에 실려와
존재를 알려주는
비밀의 정원

스스로 밝히지 않고
바람에 밀려
기억에 피어나는
조금씩 비밀을 열고 있는
향긋한 꽃들의 향기

적막한
고요의 물결은 숨죽이고
잠든 사이
미풍에 실려 오는
비밀정원 빠져나오고 있는
숲속 아름다운
향기

숲의 요정

숲속에서 할 일 찾아 헤매는
요정

햇살 영롱한 아침
숲속 나무 잎새들의 속삭임
산새들의 노래는
요정이 꾸민 일인지 몰라…

시원한 공기 뿜어져 나오는
숨결의 진액은
흩어져 날아가고

숲은 여러 종류의 나무가 경쟁하며
태양을 향해 손 뻗어오고
숲의 노래
숲속의 질서는 지켜지고…

숲에는 요정이 길목에서
숲을 지킨다

요정이 바라는 대로
숲속의 나무 잎새들은
꾸며져 있다

오월

우주에서 내가 사는 곳을
오월에 바라본다면
연두색으로
깨끗한 나뭇잎새의 빛깔들이
파도처럼 바람 따라
춤을 추는 곳

상처가 없는 나뭇잎새의
잔잔한 애기 살결 같은
보드라운 감촉은
가슴에 숭고한 마음 벅차 울고싶다

새싹의 연한 잎에서
점점 강하고 짙어지는
녹음은 가만히 앉아
허공을 바라보는 눈길에도
힘이 생기고 희망의 노래가 들려온다

오월은 꿈길 같은
행복한 날들이 밀려온다

파도처럼
가슴에 밀려오는 푸른 열정

오월
녹음이 만들어 주는 오월의 힘

산벚꽃 2

가지에 맺혀있던 꽃봉오리는
꿈이 매달려 있듯 새롭다
달빛이 새벽 입맞춤 할 때 미풍이
햇살 쫓아 야산 언덕에 머물면
한꺼번에 피어나는 꿈 산벚꽃

작은 꽃잎으로 유혹하는
벌나비 흔치 않아
외롭게 피어있어도 가지에 충만하게
피어오르는 꽃은
아가들의 입술처럼
수없이 웃어주면
모여드는 벌들의 노래 가득하네

작은 꽃잎이지만
꽃들로 성을 쌓았다가
바람 따라 흩어지는
모래성 같은 꽃들의 잔치

잠시 피었다 사라졌지만
꽃무리들 속에서
당당하게 자기의 몫을 담당하고
꽃비로 떨어지는 산벚꽃은
모래성이 아닌
일년의 긴 시간
진심 다해 꽃 피울 날
기다린 꽃이었다고 말하리

달빛

고단한 가슴 열어젖힌
창문에 걸린 달은
정조 지키는
여인의 허리

고요한 밤에 수묵화로
그려진 풍경을
구름 몰려와 지워 놓으면
여백이 남아 님의 엽서가 되는
어스므레한 하늘

장마가 무거운 날개 털면
가을옷 꺼내 입지 못하고
도로 배꽃 속살 훤히 비치는
정갈한 모시옷 걸쳐 입는 날

컴컴한 소나기구름
얼른 잠재워
덤벼드는 어둠 다스리는 여인의
허리 닮은 보름달이
한밤중에
님 기다리듯 홀로 서 있다

2부
길이 부르는 노래

외국의 호텔에서

빨알갛게 물든 태양이
야자수 나무에 가려진 채
바다에서 서서히 떠오르면

컴컴한 어둠 바다위에
한 줄기 빛으로 신비스럽게 비추던
빛의 환희는 사라지고
환한 아침이 된다

우리의 고향과는 색다른 환경인
바다가 보이고
파도 소리가 끊임없이 들리고
시야가 확 트인 이곳에서 잠시 머물다
고향으로 돌아가는 외국에서 이곳은
지내기가 적합하여 고향처럼 느껴진다

오래 머물다가
떠나고 싶은 곳

집으로 돌아갔다가
다시 떠오르는 태양 보러오고 싶다
영원히 쉴 곳은 아니지만
고향처럼
잠시 자주 와보고 싶다

먼 훗날

코로나에 모든 것이 무너지던 해
초여름에 어린 손녀의 고사리손으로
흙을 덮고 손자는 물을 주고 고구마를 심었다

고구마 캐려던 날에 격리 명령 떨어져
보름 동안 집안에 갇힌 채 밖에 나가지도 못했는데
날씨는 갑자기 여름에서 겨울로 건너뛰어
밭에서 거두어들이지 못한
고구마 걱정 가득하다

나누어주고 싶은 사람들에게 정을 주고파 심었던 고구마
추운 날씨에 땅속에서 나오지 못하고 있는 고구마
걱정하는 아침

어제의 흐린 날씨 걷히고
환한 햇살이 창속으로 파고들어
마루 위에 작은 먼지들한테 빛을 선사한다
먼 훗날 오늘을 기억하게 하는 감사한 햇빛

올해 가을걷이 제대로 못했다면
내년을 기약하는 마음의 다짐

먼 훗날 고통스러웠던 코로나 시대 기억하는 날
이른 아침 집안 깊숙이 가득했던 햇살에 즐거워했으며
감사하고 행복했었던 순간 노래하리라
가족이 모이는 날 손자 손녀들의 재롱에 행복했었던
코로나 시대를 기억하면서…

학교 담장

축대 위에 늘어진 개나리꽃 덤불
파아란 새싹과 노오란 꽃들이
담장을 아름답게 물들인 오후
소녀들의 재잘거림 공부하느라 조용해지면
참새들 날아와 꽃그네 타며 노래한다

학교 담벼락에 앉아 공부하는 소녀들 흉내 내면
깜찍한 성장의 환희라도
참새 떼에게 전해줄 듯
합창하는 참새들의 노래가
소녀들의 꿈인 양, 희망의 소리로 들린다

꽃 핀 줄기에서 그네도 타고
미끄럼도 타는 참새들의 놀이터가 된
개나리꽃 담장
노오란 꽃덩굴 속에서 참새 떼의 재잘거림이
소녀들의 꿈처럼 희망이 가득 깃들어 있다

귀엽고 깜찍한 참새들의 속삭임은
재잘거리던 꿈 많은 소녀들 사랑얘기이다
곧 떠나게 되더라도 참새 세상이라고
맘껏 즐기는 참새떼 보며
한줄기 빛이 힘든 세상에 희망으로 변하게 하는
노오란 개나리꽃 피어있는
학교 담장

시골 집

멀지도 않은 곳인데 자주 올 수 없어 오랜만에 오면
산비둘기 구구구 울어주고
앞마당 잔디엔 잡풀 무성하여
곱던 금잔디 모습 찾을 수 없고
이름 모를 잡풀 무성하여 한숨 나오는 시골집 마당

장미잎새는 벌레가 먹어 가시만 남은 줄기가 앙상하고
풀을 뽑으면 참깨처럼 생긴 벌레가 톡톡 튀며 도망가는
처참하고 쓸쓸한 마음

평생을 같이한 그 사람이 살고 있는
집인데 돌보아줄 사람 없는 시골집에는
일한다고 홀로 와있는 그 님
그 먼 시간을 보는 것 같아 아픔이 가슴을 후리네

부추를 잘라 햇살 풍성한 앞마당에 앉아
바람소리 새소리 들으며 다듬으면
앞으로 남은 앞날 가늠해보네

성급히 떨어진 감나무 잎새가 낙엽 되어
바람 따라 굴러가는 소리 들으며
집안 더위 막아주고 푸른 꿈 안아주던 낙엽을 보며
나는 바람 따라 떠나가는 낙엽처럼
살지 않으리라 다짐해보네 아름다운 세상
노래 부르며 홀로 가리라

도로위의 꽃들

서울대로 넘어가는 고개 도로 가운데
조형물 위에 놓여진 꽃들

가을을 닮은
보랏빛 자주빛 이름 모를 꽃들이
예쁘게 피어
바람이 스칠 때마다 인사하네

신림사거리 향하는 도림천 다리위에도
여린 분홍색 꽃잎들이
차들의 바람결에 꽃잎 맡기고
파도물결 속삭여 선물로 준다

그 길을 가다 눈에 보이는 단풍의 색깔과
꽃들을 보면 가슴이 뻥 뚫린다
아름답게…

곧 추워진다면 사그라질 운명임을 알기에
가슴에 안아가고 싶은 아름다움이
슬픔이 되어간다

추워지면 이불을 덮어주면…
비닐을 덮어주면
더 오래 볼 수 있을까

이상한 기후

온화한 가을날
다른 나무 잎은 모두 떨어져도
유난히 아름답게 물든 빨간 단풍잎

햇빛의 강한 조명으로
더욱 빛이 나는 꽃처럼
피어난 단풍잎

이상한 기후로
길고 긴 아름다운 가을 지속 되던 날
시절도 잊은 채 매력 만끽하는 단풍잎

우리도 변칙적인 날에 변해가는 자연을 보며
살아가는 이유에 대해 묻고 싶어져
변해가는 세월을 지켜본다

가을날 아름다움이 어디까지 계속될지
세월의 문지기 되니 아름다운 자연 풍경
느껴보지도 못하고 떠나지 못하는
코로나 세상 끝나는 날 지켜보는
세월의 문지기

힘을 내고 싶은 날

지난날 잘못을 후회하지 않으려
얼마나 많은 삶이 주어졌는지
가늠하지 못해 진정 아름다운 생 살고 싶어
밤하늘의 별처럼 빛나는 나날
참고 견디고 살다보면
기적 같은 날들이 온다

상상할 수 없는 힘이 생겨
할 수 없었던 생활의 에너지가
어디에서 오는지 하루하루 마감한다

젊은이만큼 힘쓰고 일하고
운동하고 다소 늦어지고 시간이 걸리더라도
바이올린 악보 보고 음을 내면
찬란한 오후의 반란이 온다

그 능력은 어디서 올까
몸이 아파도 그것을 이기려 애쓰는
가슴 속 심장소리 탓일까?

제주도

제주도는 우리나라의 어머니이다
전국 곳곳 볼 곳이 많고 많지만
제주도는 어머니처럼 우리를 품어주는
한국 사람들의 친정집이다
코로나 시절에 외국에 갈 수 없어
답답한 마음 달래려고 생전 처음
이른 봄에 서둘러 찾아갔다

제주도가 없었다면 한라산도 없을 터이고
한라산을 시샘한 여신이 훔쳐간다면
한국 사람들 생명을 바쳐서라도 찾아와야 할 고귀한 섬이다

가파도의 넓은 땅엔 유채꽃 만개하여
꽃잎이 바람에 나부끼는 것은
태극기의 물결이고 나비의 몸짓이다
노오란 꽃의 물결
새파란 바다 물결의 외침
힘을 솟게 하는 가파도 전경
하늘로 치솟는 희망의 기운

우도는 아기자기한 풍경에 잠깐 눌러 살고 싶다
어디선가 다정한 이야기 소리 들려와
편안하고 다정한 마음
따뜻한 차 한 잔에 심란한 마음 녹이며
눈에 보이는 전경 그림처럼 예쁜
가파도와 우도 오가며
이야기꽃 피우며 쉬어가고 싶다

참된 날

무수히 쏟아지는 사월의 햇빛
연한 녹색 잎이 나뭇가지에서
새로 나온 모습은
청순하게 반사돼 일하는 기사님도
잠시 신호등빛에 여유를 갖고 감탄한다

연하고 어린싹으로 아름답게 피어나는
탄생의 빛깔

참된 날 명심보감의 글이 아니어도
자연이 가져오는 아름다움은
인생의 목표이며 생활신념이다

자연의 빛깔로 순수하게 살라
변함없이 이웃 간에 신뢰를 주는
참된 마음

참된 날 잊지 않으리라
남의 것 부러워하지 않으며 탐하지 아니하며
있는 그대로 참되게 살라

새로 돋아난 깨끗한 잎이 아름다운 것은 청순하기 때문이다
나뭇가지에서 돋아나는 잎새의 아름다움에서 흔들리지 않는
때 묻지 않은 본연의 모습으로
살아가는 인생의 향기 참된 날!

입하

그대 이름은 입하
촘촘한 숲속 오월 녹음 짙어지네
여름 길목에서 세월 지키는 문지기 되니
세월 지키는 그대

넘실대는 녹음의 물결과
어디서나 열정을 표현하고 싶은 계절

입하
싱싱한 초여름 그대 닮은 입하나무
제멋대로 하늘로 올라가고픈
우뚝 솟은 봉우리로 입하에 꽃피는
그대 입하나무

개성 강해 뭉치지 않고 하늘 향해
저 잘났다고 소리치고 있는 입하나무꽃들
정열의 꽃 소중히 다루기 위해
긴 호흡 가다듬는
발돋움대에서 멈추고 세월 포옹하는 입하
달빛이 열어주는 넓은 세상

입하 계절에 꿈이 가득 차올라
미래를 설계하는
입하절기에 피어나는 입하 꽃…

세월의 빠름을 가르쳐주는
꽃들

꽃이 피어나는 날

꽃들이 피는 날 누가 정해준 순서인지
꽃이 피고 지는 모습에서
사람들이 꽃피는 날처럼 활짝 피어나는 그 날
알고 싶어…

따스한 햇살 부드러운 바람을
오래 간직한 나무가 먼저 꽃피우는 것을…
목련이나 개나리꽃이
햇빛사랑 더 많이 간직한 것은
꽃이 피고 지는 순서

목련이 지친 모습으로 꽃잎 스러지는 날
환하게 웃고 있는 벚꽃 무리 꽃
산 숲속에 파묻혀 있어도 꽃 피울 날 기다리는
꽃들 어울려 자연의 노래에 묻혀
피어나고 싶은 꽃들의 향연

말없이 참고 기다리는 꽃들처럼
인생꽃 피울 날 기다리며
고통스런 순간순간을 긴 치마폭에
끌어안고 꽃길 같은 인생길

가고 있는 우리도
연꽃이 진흙 속에서 피어나듯
인생꽃도 거듭 피어지는 아픔과 절망 중에서
피어날 것을 기다리며 낙엽지는 가을날에
인생꽃 피어나기를…

어떻게 해야 하나

혼자 오지 못하고
번개 천둥소리 대동하고 오는 소낙비
소낙비가 오래 지속되면 무섭다
번개 치는 빛의 위력이 모든걸 삼켜버린다

무서운 자연의 힘에 굴복하는 우리는
자세 낮춰
변해가는 세상일에 적응해간다

큰 힘을 가진 자에게 굴복하는 것은
당연한 이치인데 세상이 변하여
AI가 세상에 나타나 인간의 일을
하나씩 빼앗아가는 세상에서는
인간의 높은 가치도 새롭게 변한다

인간의 존엄성을 강조하여
차별 없는 평등사회가 도래하는 듯 하지만
AI가 인간의 일거리 빼앗아 더욱더
차별이 심한 삶의 갈등이 쓰나미처럼 밀려온다

평범한 우리들은 어떻게 해야 하나?

유월

유월은 슬픈 영혼이 숨을 쉬는 달이지만
자연을 노래하고픈 달이다

새벽에 태양이 맑은 하늘에 떠오를 때 아름답다
일 년 중 자연 그대로 느낄 수 있는 기온
춥지도 덥지도 않은 체온의 적당한 기후와
매연 없이 아름다운 자연의 조화
상쾌한 공기
새들은 나무에서 그네타고 노래불러준다

닫혔던 창문 활짝 열어
산 공기 가득 담으면 숲이 되는 내 방

미세먼지 없는 빛의 향연이
유월 빛나게 한다
사랑하는 사람과 여행하고 싶어지는
숲속의 파릇한 향기는 희망을 주고
밤꽃의 향기가
꿀이 흐르는 곳이라 말해주는
하지가 있고
따스한 햇빛이 오래 비치는
유월에는 맡겨진 책무 다하고
미래의 꿈을 기다리는 달이다

유월은 시원한 공기와 숲이 선물해준
사랑의 향기가
사람도 자유롭게 해주고 있다

7월에

가끔은 예고되지 않은 소나기가
불쑥 나타나 한차례 지나고 나면
강한 더위와 습기가 괴롭히는 7월 장마
하늘과 땅에서 내뿜는 열기는
잠시 사색에 잠들게 한다

어디서나 접할 수 있는 공통 소식들이 매스컴의 공유로
뜨거운 감정이 스며든 아픔이 회자될 때
방에 갇혀 나오지 못하는 개개인의 사정

말할 수 없어 사연은 숨겨두고
지나가는 바람이라도 소통하고 싶다
가슴에서 뛰고 있는 털어 놓고 싶은 아픈 마음 속
다른 사람들이 알아도 큰 상처가 되는 것이
아니라면 맑은 밤하늘에서 나를 지켜주는
별한테라도 말하고 싶다

우리가 사는 세상 너무 밝아 숨어버린 별들
그래도 캄캄한 순간이 스칠 때
그 별이 내게로 와 그 얘기 다 가져가면
이제는 아름다운 이야기로 채워주고 싶다

내님별 잘 보이지 않는 세상에서
운명처럼 지켜줄 것을 믿으면서
우리가 모르고 살아가는 세상살이는
별이 빛날 때 새롭고 희망이 있는 날…
운명처럼 살아가고 우리들의 길

느티나무

도시의 언덕 한적한 곳에서
기억되지 않는 오랜 옛날부터
그 자리 지킨
느티나무

지나온 역사의 아픈 눈물 버리지 못해
겹겹이 쌓아 오랜 시간
저장한 나무

저절로 상처 흔적 딱지 되어
두려운 세월의 껍데기 끌어안고
묵언으로 지나온 길 더듬어준다

어린 영혼 단종의 가슴 아픈
화양동 공원의 노래가 인연이 되어
무더운 날씨에 그늘을 만들어 준 느티나무가
아픈 사람들 쉬었다 가라네

맥문동 보랏빛 꽃들이 그늘 속에서도
예쁘게 피어나는 모습은
평생 한이 서린 아픔 참아온
정순왕후의 혼으로 재탄생하고 있는
단종이 마지막 쉬었다 떠나간

화양동 공원
느티나무

가을

세월의 흐름은 조금씩
물의 흐름처럼 변하는 줄 알고
천천히 준비하려고 서두르지 않았지만

인생의 변화는 번개처럼 잠시 숨을 멈추고
긴장을 늦추고 평화로운 숨을 쉬는 동안
일어나고 있다

지겨운 더위와 멈출 것 같지 않던 장마는
보드라운 바람과 온몸을 감싸는 가을의 풍요를
잠재우고 쌀쌀한 느낌을 주는 가을

가을의 아름다운 꿈과 사랑은 저 멀리
손닿지 않는 곳에 걸어두고
오늘을 허덕이게 하는
세월의 흐름은 사람들의 마음 바쁘게 한다

내 몸의 변화처럼 빠른 세월의 변화
여름옷을 옆에 두고 겨울옷을 꺼내 입는
지금의 이 시간도 먼 훗날 아름다운 날로
기억됨을 잊지 말고
너무 빨리 가는 세월 방황하다가
세월 가는 걸 잊지 말자

세월이 변하는 대로
나의 모든 것도 변해야 한다

파랑새

새싹이 돋는 4월은 꽃이 피어 지고나면
더욱 황홀하다
연한 잎사귀가 이렇게 아름답고
아가손처럼 보드라운 감촉으로 스미어 오는
순수한 첫사랑의 느낌 같은 계절에
사색에 잠기면 영감인 양 어디선가 파랑새가 날아온다

반짝이는 금실을 두르고 온통 파랑색이어서
신비로운 새
영혼이 맑고 행복한 웃음이
가슴까지 차올라야 볼 수 있는 새

어디에서 날아와 어디로 날아가는 새인지 모르지만
희망과 행복을 전해주려
날아온 새일 것이다

꿈이 아닌 생시에서 처음으로 만난 새이다
파랑새 얘기는 많이 들었어도
흔히 볼 수 없는 새

지난 시절 회상보다 앞으로 전개될 미래가
더욱 풍만해짐을 느낄 수 있는 예감이 드는
행복한 세상이 펼쳐지는…

이 세상에 태어난 이후 처음으로 파랑새를 보고
꿈을 키워본다

무심천 둑길

벗꽃은 뭉게구름처럼
화려한 빛깔로 물결치면
사람들은 꽃이 전해주는 이미지 알고 싶어
모여든다

오랜 세월 기억이 희미한 이후 찾아와
무심천 둑에서 지난 시절 더듬어보다가
어디론가 떠나가 잊어버린
그날들의 사랑과 슬픔은 찾을 수 없지만
명주실로 꼬아 논 질긴
인연들만 생각난다

처녀시절 무심천 둑은 능수버들이 휘몰아치던
가지 사이에서 속삭이던 연인들이 데이트하고
벗꽃은 그 사이 고목에서 아름답게 꽃이 피면
거리는 벗꽃으로 금세 가득 채워져 있었다

40년 만에 다시 찾아온 거리에는
능수버들은 떠나고
벗꽃만 화려하다

벚꽃 밑에서

수많은 사람들이 모이는
벚꽃이 활짝 핀 거리에서
바람과 햇살의 사랑을 느끼며
아름다운 여유의 한 순간을 가슴에 새기기 위하여
경쟁하듯 자기 나름의 풍류를 즐긴다

한가한 시간이 아닌
분주한 시간 속에서 짬 낸 여유의 풍류
작은 소망을 찾아보기 위해
아름다운 벚꽃에 물들고 싶어
서성이는 어설픈 허리 굽은 노인들은
진정 벚꽃의 향내가 무엇인지 아는지

젊은 세대의 즐거운 외침은
꽃처럼 화사한 청춘을 맘껏 펼치고
가슴 속에 맺혀있는 정열을
맑은 하늘에 펼쳐 보일 때

나처럼 늙어가는 노인의 꿈은
맑게 피어나는 뭉게구름처럼
활짝 피었다 사라진다

만져볼 수 없는 꿈이기에
벚꽃나무 밑에서
건강하자는 작은 소망만 품어본다

봉천동 거리

복개천 위 벚꽃나무 심어져
어느새 꽃봉오리 맺히고 꽃이 환히 피는
거리 걷다 보면 꿈속에서 있는 듯하다

어제는 벚꽃이 무성하여
아름다운 꽃물결이 가득 차 있었던 거리인데
금세 꽃잎은 떨어져 날리고
거리거리에 그림 그린다

바람이 부르는 소리에 놀라 떨고 있는 꽃잎은
세상인심 무서워 우르르 몰려와
폭신한 솜뭉치처럼 뭉쳐 소복이 쌓인다

순식간에 벌어지는 거리의 풍경은
연두색 잎새 가지에 돋아나
사람들 얼굴에 그림자 드리우면
새롭게 수시로 변하는 역사의 시간들은
수십 년 지내오면서 겪어온 아픔만
쏟아내고 거리에 버리라 한다

먼 곳에서 찾아온 손님처럼 반갑고 기쁜
벚꽃이 피는 봉천동 복개천

추웁고 어두운 겨울이 지난 순간
환한 벚꽃이 피면
거리는 꿈을 만드는 동굴처럼
사람들 모여들어 아름다운 꿈을 꾸고 있다

장마철

장마철이 지난 여름
낮인데도 검은 구름 비안개 몰려와
컴컴한 세상은 편안한 집에 근심을 안겨준다

바람이 출렁이는 나뭇잎과 빗소리는
끊임없이 울부짖는
슬픔을 달래는
세상을 구원하기 위한 절규인가
왜?

일주일이 지나도 멈추지 않는 검은 하늘
누군가 나타날 듯한 뿌연 안개가
내 맘을 옥죄고 있다
우리가 살고 있는 세상에서
무엇을 잘못하고 있는가

어두운 삶과 밝은 삶의 마음은
하늘에 있는가

내일이라도 맑은 하늘에
태양이 찬란하게 떠오르면
어둡던 절망이 사라지고
가슴 속에 숨어있던 푸른 꿈 떠올라
소중한 사람들 아끼고 사랑하고
두 팔 벌려 포옹할 수 있다면 좋을 텐데

정사초

봄냄새만 맡으면
제일 먼저 땅속 헤집고 나타나는
정사초 냄새

신기하고 연약한 듯 해도 곧 강한 잎새로 자란다
강렬한 태양빛이 왕성한 여름이 되어
청사초 강한 입맞춤의 열기 맞으면
주저함이나 변함없이 사그라진다
녹음이 왕성해지는 계절에

더위가 최고조로 오르는 날
잊었던 꽃은 나뭇잎 사이로 연약하고
보드라운 모습으로 꽃잎이 피어오른다
줄기가 길어
바람을 사랑하는 꽃이다

그늘 속에 숨어 애처롭고 화려한 빛깔이 아닌
연분홍으로 아가 얼굴 닮은 꽃닢이 피어있다

꽃은 말하고 있다
이루어지지 않는 사랑을
사랑한다고 말할 수 없는 나만의 사랑은
눈빛 속에 있다

맨땅 위에서
잎새 없이 혼자 피는 꽃처럼

바위의 진달래

속리산 복천암 가는 길
땅에서 용솟음쳐 오른 커다란 바위
웅장한 산 지키고 싶어
산바람 일으키고 있는 바위에
가지가지 뿌리내린 진달래
겹송이로 피지 못하고 외송이 진한 핑크빛
색깔만큼 물보라 일으키는 사랑의 빛깔

겹겹이 세월 걸쳐 입은 소나무 등걸은
거북등처럼 딱딱한 모진 세월 입은
세조 임금 가시던 길

어렸을 적 옛날에는 산에 나무 없어
앞산 뒷산 햇빛 사랑 진달래 잔가지가
혼자 차지하여 소복한 진달래 흔하게 피어
아이들 소꿉노리개 되어주었던 꽃들

세월 흘러 산에 나무 무성해져
햇빛 간신히 얻은 바위 옆에 진달래가
외로이 홑잎으로 피지만
강렬한 사랑하듯 진한 핑크색으로 피어
떨고 있는 꽃이

서울 도심에서 혼자서 살아가는
청춘의 이야기처럼
가슴 아픈 사랑하고 있다

첫 아이 낳은 날에

아름다움과
슬픔과 아픔이 함께 온다

꽃들의 일생에서
인생의 앞날도 예견되는
강한 첫서리에
사그러지는 꽃처럼

바람따라 떠나간 아픔을 주는
인생꽃도
잠시 피었다 가는 길인 것을
더 잘 알기에…

아침이면
다독이는 어미의 자식 사랑하는
마음이 밀려온다

첫 아이 낳은 날
아침

자연처럼

화사한 햇볕은
매서운 세월의
등 뒤에 숨어 나오지 못해도
어디선가 불어준 훈풍의 열기는
봄을 재촉하여
꽃을 피우라 하네

그늘진 창고에
남아있는 찬 공기는
꽃을 피우지 못해도
양지녘 자유스러운 땅에는
꽃을 피우는 봄날에
꽃잔치 벌일 준비해도
사람들이
살아가는 세상엔
인생의 꽃이 피지 않는다

주위 돌아보아도
아기 울음소리 들리지 않고
젊은 청춘 짝 없이 혼자 살아가는 모습에
자연도 쑥스러운지 봄이면 찾아오던
새소리도 사라지고
꽃향기도 사라지고

지금 우리가 살고 있는 세상은
자연은 변하고 사람도 변해서
거리엔 꽃들이 만발해도
많이 오던 청첩장도 날아오지 않고
웃음이 가득했던 사랑하던
데이트하던 젊은 사람도
눈에 띠지 않아
돌고 도는 자연의 사계절처럼

인생도 순환되어
옛날의 아기 울음소리
어디서나 들어보았으면

꽃비

오빠 산소 앞에서
꽃비가 날아다닌다
마른가지 풀숲에 파묻히기 싫어
바람 따라 꽃잎은 유희하고 있다

딸이 없어 애달픈 울음소리 나지 않던
오빠가신 날
아들들은 울지 않고 눈물만 삼키네

세월 흘러 슬픔 잊어진 날
산소 위를 수놓는 벚꽃님

이 세상에서 맘껏 뜻을 펼쳐보지 못해
꽃비가 되어 세상을 날고 있는
산벚꽃님이 된 님의 꽃비
햇빛 가득한 양지녘

아름다운 꽃과 나무와 사랑이 가득한 곳
지상낙원

봄날 아침

이른 봄 일찍 피어나는 개나리꽃은
병아리떼 작은 속삭임 되어
아름답게 물들어 오는 것은 오랜 세월
익숙해진 아름다운 사랑의 내림물결이다

개나리꽃처럼 귀엽고 사랑스런 모습으로
피어나는 철부지 아이들 속삭이는 정경은
벚꽃도 어서 피어나라고
비밀스런 빛깔로 매일 강해지는 햇살은
생물들에게 지나온 과거의 시간 버리라 하네

이른 봄날 아침에 새로운 물결이 일어나고
우리가 맞이할 맞춤형 겉옷처럼
화사한 봄날을 선사하고 신이 내린 환경에 맞춰 살라 하네

봄날은 새 희망이고 무엇이든 할 수 있는
힘이 솟아나는 계절이요 노래하고
춤추고 싶은 오장육부와 근육이 솟아나는 계절이다

아름다운 꽃 피어나듯 햇살 머금은 눈빛
영롱한 꽃의 영감은 미지의 세계로 세상을 여행하듯이 겁내지 말고
미래를 맞이하자고 속삭여주는 봄날 아침에

겨우내 기다림으로 말없이 변화하는 자연은
따스한 봄바람 스치면 기회 엿보는 전령사 되는
꽃들처럼 마음 활짝 열어 이 세상 모든 생물
사랑하는 봄날 아침

바람

창문 두드리는 거센 바람소리
거대한 바람이 창문을 두드리면 무서움이 밀려온다
문을 꼭 닫고 있으면 아무도 없는데
과거의 시간과 추억들이 밀려와 가슴 떨린다

삶의 무게가 쌓여 과거의 세포 속에
느낌으로 남아있는 삶의 냄새 추억
보드라운 바람은 아름다운 청춘이고
거칠고 센 바람은 노인의 바람이다

센 바람 불면 공포 밀려와
옷깃을 단단히 여미고
바람을 맞이하지 못하는 노년에는
어머니가 걸러준 바람만 맞이하고 싶다
바람이 불어오는 날
정감어린 보드라운 감촉으로 사랑하고 싶은
바람의 향기가 몰려오길 바라면서

가슴을 시원하게 스치는
옛날의 바람이 불었으면…

불편한 마음 없이 어떤 바람이든
신선한 충격을 주어
세상 돌아가는 이유 쉬이 깨달아
세상이 무섭지 않았던
엄마의 바람이 불던 날

백조

넓고 맑은 산속 호수위에
유난히 깨끗한 하얀 백조 한 쌍이
유유히 물 위를 떠다니는 모습은
긴 목을 세우고 이상을 갈망하는 사랑의 몸짓

많은 세월 사랑하고도 사랑하고 싶은 게 남아
먹이 찾아 헤매는 순간 잠시 눈 감으면
백조의 우아한 사랑은 호수의 잔물결 이루듯
사람의 눈에 아름답게 비쳐진다

순결한 흰색의 백조는
호수를 스케이팅하듯 떠다니는 여유로운 낭만은
누군가에 쫓기듯 살고 있는 현대인의 삶에
파문을 일으켜 잠시 백조처럼 살고 싶다

아름다운 미소 간직한 평화로운
모든 걸 포용하는 용서의 마음은
백조처럼 세상 시름 버리고 날아가는 것이다

어지러운 삶의 잔재엔 미련 버리고
포기가 아닌 모든 걸 용서하는 백조가 되어
세상 밖으로 훨훨 날고 싶다

날씨의 변화는 내 마음에

11월인데
밤중에 모기는 윙윙거리며 잠을 방해하고
서리는 내리지 않아
가끔 답답하고

숨 막히는 순간 선풍기 바람으로
마음을 달래고 있는 가을

가을을 보내고 싶지 않은 나뭇잎도
파란 잎이다

아름다운 단풍의 빛깔로 물들여
계절의 변화를 주는
천상의 여신도 잠들어 지난 가을날
젊은 청춘을 제단에 쌓아 놓고
눈물 흘리던 아픈 날 잊은듯하다

곧 겨울이 오겠지만
우울한 가을날
비 내리고 쓸쓸한 바람이
옷깃에 스치던 맑은 하늘을 닮고 싶은 영혼이
밀려오는 허전함 피해 날아가고 싶은 날

가을이 아름답게 보이는 것은
행복한 평화 때문이라고
지금 치열하게 생존해야하는 삶은
세금 납부서와 시장바구니의 물가오름표 등이
하루하루 지치게 한다

매스컴에 나오는 이웃 간의 갈등과
묻지마 사건은
아름다운 가을 날 슬프게 하고
고통스러운 지금의 가을은
제단을 쌓아 감사제 올렸던
옛날 그날을 잊어서 온 것은 아닐지 헛생각한다

멋진 가을날
따스한 햇살이 아름다워 보이는 것은
걱정거리 잊어버린 청량한 파아란 하늘을 닮은
마음이 존재하기 때문

날씨의 변화는 큰 감흥을 주는데 미미하고
사람들에게 먹고 살아가는 문제가 우선인가보다

세상의 변화만큼
변해가야 하는 우리들

가을 정원

친구들 모여 수다 떠는 모습이
솜털 같은 억새가 바람에 속삭이는 모습으로
따스한 햇살 가득한
정원에서 즐기는 그대들

나뭇잎 떨어진 나뭇가지가 속마음 보이고 싶어
바람결 스칠 때 나는 그대마음 엿보네

어느 순간에 억새마냥
머릿결 하얗게 빛나는
칠십이 넘은 친구들 젊은 날 낭비하고
오랜만에 만나 새롭게 돋아나는
어린 새싹들이 움트는 기운 얻어
마음은 청춘이라 노래하지만
나는 남몰래 눈짓하는 그대 미소 훔쳐와
지난 그 시절 그리고 있네

그때는 못 느꼈던 같은 공간에서 숨쉬며
즐기던 어린 시절 향기를

정원에 꽃의 향기 가득하다 한들
그 옛날 향기만 하오리오

세월이 또 흘러가도 늘
바람이 비집고 들어와 그 사이로 몰려오는
나의 사랑얘기는 변함없으리

월악산

월악산 영봉
전설속의 큰집 한 채
바위에 둘러 쌓여있어
대문도 열리지 않고 신들만 살 수 있는 그곳

산안개 걸려 희미하게
영봉이 보일 때 문이 열리네

가을날 강한 태양이
영봉을 감싸 안으면 풋풋한 엄마
젖냄새가 난다

산 정상을 오르지 못하고 밑에서 바라보는
영봉은 옛날엔 있었으나 지금은 사라진
고향집 바라보고 있는 것 같다

조금씩 물들어가는 나뭇잎들의 겨울 준비가
발걸음을 재촉한다
고향집에 돌아가
아름다운 추억의 보물들을 보기 위해…

영봉의 나뭇잎들이 물들어갈 때
영봉은
나의 고향집이 되어준다

제주도 억새밭

작은 구릉이 있어도 평지처럼
넓게 펼쳐진 억새밭

제주도 오름을 피해 자리 잡은
억새가 활짝 피어 하얀 머릿결 물결에
햇빛이 쏟아지고
달빛과 꿈이 쏟아져 사랑하고 있다

억새숲 사이로 바람이 불면
억새밭의 솜털 같은 하얀 머리는
하늘에 그려지는 구름이 되고
먼데서 흐르는 햇살에 반짝이는 강물이 된다

억새밭 길에 서서 바람소리 주위 삼키면
하늘을 날아가는 동심이 있고
고요한 강물 길이 되어 넓은 바다로 흘러간다

억새잎은 따갑고 강해
타오르는 불꽃 강해
젊은 시절 꿈과 사랑이 온몸에서 발산하던
그 날이 되어
그리움 그리워질 때
억새 밭길에서 과거의 영상 되돌려보고
꿈과 사랑이 샘처럼 솟아난
늦가을이 좋아라

만추

따끈한 방에서 창문으로 비치는 환한
햇빛이 그리워지는 늦가을
외로운 가슴에 오렌지 빛으로 다가오는 가을빛
봄의 빛은 핑크빛으로 설레는 사랑 가져다주고
가을엔 오렌지 빛에서 갈색으로 꿈이 익어가게 한다
가을은 잠자고 있는 오장육부 흔들어 깨우고
밖에 나가 춤추라 한다

가을은 외로이 가볍게 익어가는 빛깔을 달래서
큰 잔치 벌리고 죽어간다
죽음을 준비하는 가을
아름다운 빛깔로 금빛 향기를 그리는 가을은
죽음을 준비하는 곤충의 일생과 같다

각자 즐기고 만끽하는 가을의 속삭임은
오렌지빛 황금 빛깔 속에서 익어가고
캄캄한 어둠 속에서 잠을 잘 준비한다

내일을 꿈꾸는 푸른 젊은이들이여
오장육부 잠들어 사는 욕망을 흔들어 깨우라

가슴 속에 내재돼 있는 욕망을 밖으로 나와야 산다
가을은 쓸쓸하고 외로워 차갑지만
살기 위한 소리가 들리는 계절이다

죽음을 준비하는 것은
내일을 살기 위한 것이다

3부

세월이 부르는 노래

우리는 이렇게 살았다 1

우리는 젊은 날이 얼마나 소중한지
다시는 오지 않으리라는 생각을 하지 않고 살았다
늘 활기차고 정열적인 삶이 연속적으로
늘 우리 곁에 있을 줄 알고 대비하지 않았다

세상 돌아가는 대로 세상에서 들려오는 소리에
귀 기울이며 특별한 삶은 상상 속에서 존재하지 않아
평범한, 누구나 느낄 수 있고 모두 다 경험할 수 있는
생활을 하며 살았다

공동체 생활이 아니면서 공동으로 살아가고 있는 것처럼 보였던
옛날 60년 전의 그날에
마당에서 뛰어노는 걸 당연한 하루의 일과로
아이들은 모여서 놀았고
어른들은 품앗이 일하며 농사지었다

사춘기 지나 성숙한 어른이 되면
중매든 연애든 짝 찾아 떠나가고
새 보금자리 마련하여 사랑의 결실인 아이 낳아
사랑하며 살았다

그런데 언제부터인가 이런 생활도 무너지고 있다
젊은이들이 결혼할 생각도 대를 이을 아이를
낳을 생각도 않고 자기만의 생활을 고집하려 한다

세상이 변한 것 같지만 세월은 반복되어서
돌아온다는 우주의 법칙은 그대로인데
사람들이 변하고 있다

우리는 이렇게 살았다 2

갑작스런 사회의 변화는 어디까지 변할지
불안하고 무섭다
넓은 집안에서 혼자 잠 못드는 밤에
갑자기 비오는 소리, 부엌 창문 두드리면
꼭 낯선 손님이 들어와
부엌에서 바스락거리는지 착각하고
두 귀 세우고 살피면 곧
비오는 소리란 걸 안다
작은 자연의 소리도 무서운
누군가에게 의지하고픈 시간들인데
혼자 살고있는 그대들은
훗날 누구를 의지하고 살것인가?
부모의 운명은 태어날 때 받은 소명
주어진 세월 흐른 후
저 세상으로 갈 것을 다 아는데
답답한 가슴뿐이다

세상 변하면서 살맛이 나는 세상은 좋아진 것도 많다
약한 자한테 하던 갑질이나 인권을 무시하며
가족에게 매로 다스리던 문화는 사라지고
인권을 존중하여 살기 좋은 세상이 되었건만
등에 기대어 의지하고 사랑을 속삭일 사람은 귀해지고 있느니
인간의 행복은 새생명의 울음소리 커가는 아이들의 웃음소리건만
성장하는 아이의 모습 바라보며
그 아이 위해 일생을 바치는 걸 행복이라고 느끼는 것이 아닌
우리의 아이들은 변하는 세상속에서 적응하며
그 세상을 살아가고 있다

욕심

소중한 시간을 간직한 흔적을
버릴 수 없어 무작정 등에 지고
가려하는 달팽이 등은
세상의 소리를 들을 수 없다

지나간 세월이 남긴 흔적
지워지지 않아 늘 가슴에
상처 남기며 자라온 환경 탓에
욕망을 버리며 살려고
손을 뻗어 보지만
꿈으로 향한 부질없는 욕심은
달팽이 등처럼
굽어 버릴 수 없다

어릴 적 도토리나무에서
바람이 불면
쏟아지던 도토리처럼
흥분의 쾌감처럼
언젠가는 포기하고
모든 걸 버려야 하는
욕심의 바구니

과거

과거는 생각의 보물창고이다
지난 세월의 기억들이 쌓여진
보물창고

웃고 울고 슬퍼하고 아프고 즐거웠던
세월의 조각들이 정리되어 보물창고에 저장되어
슬픈 일 많고 눈물흘렸던 일이 있어도
과거의 기억은 행복한 그리움을 선사한다

가슴이 따스한 사랑이 많은 기억들
사랑했던 날들이 있어 행복한 지금
아름다운 보물창고가 유산으로 남겨도 흠이 되지 않는
과거는 흘러간 시간이 아니고 현재
우리가 살아가야 될 세상이므로 시간을 아끼고
우리에게 맡겨진 일들을 소중히 간직하고
하루살이 인생이 아닌 영원한 삶으로 살아야 될
현재로 이어지는 시간

잊혀지지 않는 진실한 삶이므로
현재 우린 열정적이고
사랑스런 날들을 살아가야겠다

잊을 수 없는 그리운 과거가 현재의 생활을 빛나게 하는
세상살이의 삶은 늘 영롱한 가슴에서 우러나는
의지와 용기로 살아가는 인생이 되길

손가락들의 주인은

갓 태어난 어리고 연한
사랑스런 아가들처럼 소중하고 귀한
내 몸을 이루고 있는 내 몸의 일부로
나를 받들어주는 손가락들아

너의 주인은 어떤 어려움이 있어도
흔들리지 않고 높이 솟아올라
이상을 갈망하며 희망의 등대로
갈 길을 가르쳐주어야 하는데
온몸에 병이 깊어
나의 몸 주관하지 못하는 주인이니

이 몸의 주인이 있다면 힘날 텐데
주인인 어머님도 세상을 떠난 지
십 수 년 되니 의지할 곳 없는 손가락들아
힘들게 온 세상 헤매고 다녀도 주인의 맘
미리 알아 사랑해주렴

나이 들어 병이 깊어도 손가락들아
오늘 할 일이 많은데 밤새 속삭이고 보듬어줘도
주인 말 듣지 않고
자기 맘대로 놀고 있는 손가락들아
형체 없이 명령을 못해도 애절한 사랑의 노래

간직한 지난 세월 잊지 않는다면
꿈과 사랑이 빛나기를…

지난날

늘 새로운 삶을 살고 싶어
하늘을 떠돌며 속삭이는 별들처럼
아무 일도 일어날 것 같지 않은
마음속 깊이 간직한 사랑

수없이 지나간 세월의 흔적은
나만의 소중한 사랑은
아무 일도 없었던 것처럼
괴로워하고 아픔 참아낸 지난날

순간순간 기억하고 영원히 지속하길
바라는 속내는
아름다운 청춘을 잊어버리고 싶지 않아서이다

내일 우리는 오늘과 다른 삶을 살겠지?

새로운 기쁨 아름다운 사랑
긴 삶의 흔적은 아련한 꿈속인 양
기억 속에 간직되고 지난 옛 추억도
아름다운 사람들의 아픔도
세월 따라 잊으며 살아가게 한다

엉뚱한 생각

올 들어 처음 영하의 기온으로 내려가
갑자기 추운 날
웅크린 몸으로 거울을 보는 순간
엉뚱한 생각이 든다

미세먼지 없이 쾌청한 날에
세상을 맑게 밝힌 햇살처럼
살아보고 싶은 삶은
과거의 모든 흔적을 도자기 빚는
흙에 쏟아 부어
꾹꾹 밟아 도자기처럼
새 형상으로 빚고 싶다

우아하고 경이로운 모습으로
감탄할 수 있는 아름다운 도자기로
빚어져 남길 수 있다면

엉뚱한 생각은
거울 속으로 사라지고

가슴 속에서 꿈틀대던
젊음의 향기

새로운 용기의 꿈

하늘에 먹장구름 몰려와 한줄기의 빛도
비추지 않는 음침한 날
모든 마음의 문 닫아놓고
눈도 감고 생각도 닫고 무념의 세계로 달려갔다

앞길이 막막하고 끔찍스러운 일 터지면
잠시 멈춤의 순간을 가지며
따지고 분석하고 왜 일어났을까?
궁금해 하지도 않으며 덮어놓고 싶다

시간이 지나야 조금씩 희망이 되어가는
실타래의 꼭짓점 찾아 풀어가는 엉킨 실타래 풀듯
간절히 해결되길 기대해보지만
풀릴 기미 없는 앞날의 캄캄한 문제들

살다보면 인생에서 몇 번을 거쳐 지나야 할 중대한 사랑이지만
뒤늦게 맞이한 절명의 위기라고 느끼지만 해결의 방법이 없다
어느 것이든 모든 일에 손 놓고 싶다

좌절하고 스스로 다 쓰러진 다음엔
다시 어린 새싹 솟아나듯
새로운 용기의 꿈이 살아나길 기다리고 싶다
당분간은 어떤 소원도 빌고 싶지 않아

내게 다가온 최고의 고통과 무욕심이
자연히 돌아가는 세상의 인심대로 살고 싶은
생각하고 싶지 않은 날들
곧 새롭고 사랑스런 새싹 같은 날이 오기를…

책

책이 어수선하게 놓여져 있어
춤을 추자고 한다

인생의 즐거움을 느낄 수 있는 우리들에게
다가오는 소중한 시간 속에서
정리정돈 되어 있지 않는 책들은
눈길 주지 않는 시선 유혹하여
책 속에 빠져보라고 눈짓으로
텅 빈 공간 속으로 데려온다

보이지 않는 인터넷 매체가
많은 걸 변화시켜 귀중했던 책들이
오갈 데 없어 몸부림쳐도
사람들은 가까이 지내왔던 친구의 사랑 탓하듯
책의 의미 잃고 세상 험악케 하는
사건들 속에서 책들은 춤추라고 노래하네

세상을 밝고 아름답게
만들어 주는 책

어둡고 험한 세상 속에 있어도
가슴 속에 있는 첫사랑 지켜주는 책 속에는
새로운 용기와
아름다운 사랑 영글게 지켜주는
잊혀지지 않는 슬픔의 꿈들…

모자

유리장 속에 보관된
두개의 모자

하나는 막내딸이 태어나지 않고
배부른 모습으로 해수욕장에 처음 휴가갈 때
썼었던 모자
40년이 지났어도 버리지 못하는 모자

강렬한 추억 지났어도 버리지 못하는 모자
밤새 사랑의 노래 들리던 모래 백사장 위에 텐트치고
하루 종일 뛰어놀던 그때 썼던 모자이다

또 하나의 모자는 턱이 빠지는 흠이 있는
아들이 ROTC 지원하여 2년의 훈련을 받고
임관하기 전에 병원에 가서 진찰받고 면제받는 조건이었어도
장교 입대하여 3년 근무하고 제대한
금장이 달린 멋진 모자이다
아들의 모자는 대견하고 각별한 사랑이 있다

유리장 속에 있어
늘 나와 함께 살아가고 있는
두 개의 모자

그날을 기억하고 싶어 사용하지 않지만
영원히 보관하고
아름다운 사랑과 꿈이 함께 했던 모자
많은 세월 흘러가도 기억이 생생한
지나가 버린 옛날

자연은 그대로

세상이 변한 줄 알고
내 몸도 변했으니 당연한 줄 알고 살아가던 날

방 안에서 지켜보던 관악산의 녹음
해 뜨기 전에 느끼고 싶어 오랜만에 옥상에 오르니
숲이 조금 더 무성해져
방 안에서 잘 안 들리던 새소리가
오케스트라의 화음으로 들리고 있다

까치소리 이름 모를 새소리 산비둘기소리
수많은 새소리들의 재잘거림이
숲에서 들려오고 있었는데
아픈 내가 자연을 즐기지 않고 문을 닫고 있었다

세상이 변하여 아카시아 꽃이 만발했어도
예전의 향기는 사라지고
꽃가루 나르던 작은 벌소리도 들리지 않아
세상이 변했다고 타령했는데
자연을 벗하지 않은 내가 세상을 왜곡하고 있다

자연은 그대로 조금 기후가 변했을 뿐
아카시아 꽃이 필 무렵 기온이 한여름의 날씨만큼
무더울 때 숲속에서 살고 있는 새들의 노래도
잠시 멈추게 하는지 알았다
자연을 벗하며 숲을 잊지 않고 매일 바라보며
숲에서 일어나는 일들 사랑하고파
기후의 변화가 있더라도 숲속의 새들은 늘 그 자리에서
지키려고 애쓰고 있는 자연은 그대로…

또 다른 하루

우리는 한곳에 머물러
똑같은 날 맞이하는 걸 원치 않아
새로운 변화와 낯설은 곳의 여행을 즐기려 한다

삶의 황금기 청춘은 일생의 한순간
사람들은 그 귀한 시간을 깨닫지 못하고
헛되이 써버린다

그 시간은 되돌릴 수도 없어 한번 지나가면
돌아오지 않는다
꾀꼬리 소리로 유혹해도 떠난 몫은
후대를 위한 생활의 놀이터가 되는
사계절 개성 강한 아름다운 날들

남쪽에서 훈풍 불어오면
늘 그 자리에 있는 꽃들은
이웃집 마실 다녀온 듯 서둘러 꽃 피운다

꽃들은 허락된 시간을 낯설지 않게
충족스럽고 자유롭게 쓰고 있는 꽃들의 시간 즐기며
우리도 꽃 같은 날들 아끼고
헛되이 보내지 말자

여행길에서

캄캄한 밤에 비행기 타고 있으면
아무것도 보이지 않아
심하게 흔들리지 않는다면
여행을 떠나가는 설레임과 기쁨은 최고조에 이른다
아무것도 안 보이는 지금 경이롭고 만족스럽다

간혹 낮에 비행기에서 하늘을 볼 수 있는 순간
땅위의 작은 지점과 경계가 보이게 날고 있는 비행기는
모든 걸 볼 수 있어 안정감이 든다
산처럼 뭉쳐있는 하얀 구름은 신비롭고
허구적인 상상을 해보면서
의아스런 우주의 법칙들이 있지만 더 이상
신의 영역은 알려하지 말라

여행길에서 돌아올 때
한밤중에 비행기에서 보던 풍경이
감미로운 것은 보석처럼 다양한 빛깔로
반짝이던 소도시들의 아름다운 모습은
가끔 옥상에서 보던 서울의 빛보다 다채로웠다

새벽하늘에 펼쳐진 옥색 바닷물과 미색의 모래알
바닷가로 보여지던 하늘은
신비한 일출이 서서히 밝아지면 환상은 사라진다
모든 게 꿈인 양 정상으로 돌아오는 새벽하늘
새벽은 사물을 온정신으로 보게 하는 마법 같다
다음 여행을 꿈꾸게 해주는
지금 이 순간에

산다는 것

매일 똑같은 해가 떠올라
같은 모습으로 지는 것 같지만
매일매일 조금씩 다르듯

두 눈 치켜뜨고 사는 모습 살펴보면
회오리바람 불면 회오리쳐 날아가는 먼지와 같다

작은 먼지가 회오리바람 일으켜 큰 힘이 생겨나면
바람기둥이 된다
보잘 것 없는 물체로 공간 위켠에 물러서 있다가
바람 부는 대로 날아가는 먼지처럼

사람들이 산다는 것은 작은 먼지가 모여 있는 것과 같다
과일가게 주인이 빨간 방울토마토를
봉지에 한꺼번에 담지 않고 사랑이 담긴 손가락으로
한줌씩 여러 번 담아내는 손끝 사랑처럼
넉넉한 인심 가득한 봉지 건네주며
푸른 웃음 지으며 화답하는 것이 산다는 것이다
작은 것 같지만 반복되어지며 큰 힘을 얻는다

살고 있다는 것은
큰 그릇에 담겨있는 사랑을 조금씩 퍼내는 것이다
조금씩 이동되어질 때 따스한 이웃이 되고
반복되는 사랑의 표시가
큰 사랑으로 이어질 것이다

사람다운 길

어떻게 살아가는 것이 진실한 삶인지
네모난 상자 속에서 나오는 여론이
어지러운 난제 속에서 무조건 옳다고 할 수 없고
현대에서 바르게 살아가는 것이 어렵다

개개인 추구하는 이상도 다르고
살아가는 환경도 다르지만
하늘을 우러러 한 점 부끄러움 없이 살고자
강조했던 윤동주 시인의 순수하고
진실한 삶이 어디로 갔는지

업이 있다고 옛날 성현들의 말은 모든걸 조심하며
자연을 사랑하며 살아가라는 의미는 실종되고
험하고 거북한 일들이 일어나는 건
지난 시절 진리를 믿지 않기 때문이다

요새 일어나는 끔찍한 사건은
지난날 우리의 업인지 모른다

사소한 일에서 업을 만들지 말고
지속되는 아름다운 이야기로 남아
가슴에 아름다움 사랑을 남겨주고
떠나가는 삶이 되도록

잊을 수 없는 날, 2022년 8월 8일

이날은 잊지 말자, 오늘의 기억은 죽을 때까지 잊지 말자
나이 들어 갈수록 비오는 밤이 무섭게 느껴져 왔다
찌는 듯한 더위가 겹치면서 사람의 체온만큼 온도가 올라가는
낮이 계속되어 갑자기 느껴지는 습한 기후는
비오기 전의 예고하는 걸 느껴지는 날씨였다
예감은 적중하여 검은 구름 몰려오더니 굵은 빗방울이
떨어지더니 갑자기 번개와 천둥이 향연이 계속되었다
소낙비가 무섭게 느껴져도 집 관리에 신경이 집중되어
1층으로 내려갔다
무서운 예감처럼 밀려온 현실
하수구가 막혀 물이 빠져나가지 못해
창문으로 물이 스며들기 직전이라
하수구를 손으로 더듬어 보았으나 흙과 잡부스러기가
하수구를 꽉 막고 있었다
방문 두드려 방에서 나오라고 소리치니 모두 밖으로 나와
집 주변 살펴보니 이웃집 공사장 집짓는 집의 축대와 담이 무너져
흙탕물과 흙이 우리 집으로 쏟아져 내렸다
아랫집 가게 아주머니 아저씨 우리집 식구들 모두 한마음 되어
물난리에 대처했다
양수기도 틀고 망치로 계단 돌 깨트려 물길을 내주고
아들 사위도 전화로 불러들였다
복도에 차는 물은 새벽까지 퍼내야 했다
생전 처음 경험해 본 물난리
어떻게 처리해야 하는가?
당황하고 폭발한 감정의 격한 순간의 놀라움
이웃집은 2년째 집 짓는다고 배수로도 내놓지 않고
방치하고 있는 공사장에서 이웃에 큰 피해를 주다니…
오늘은 평생 동안 가장 잊을 수 없는 날이다

평범한 사람들

평범한 사람들이 모여 사는 이웃과 이웃이 중요한 세상
사람들은 친구와 가족 중심으로 살아가고 있어
부모가 희생하여 이루어진 가족들은
갈등이 생겨도 배운 바가 있어 곧 봉합된다

그러나 이웃과의 불편한 마음은
이웃을 사랑하는 인내의 마음으로 기다려주면 극복한다
마음에 안 들고 시끄럽더라도 희생정신을 발휘한다면
이웃과의 불편함이 사라진다

마음의 평정이 올 때까지
폭풍이 물러간 후 호수의 파문이 가라앉듯
기다려주는 배려

이웃과 친구들과의 교류에서
가장 중요한 덕목은 약속과 신의이다
하찮은 약속이래도 꼭 지켜라
변명은 오해와 반목의 빌미가 된다

모든 세상 사람들이 살아가는데 빛이 되는
삶의 목표는 신의信義이다
같은 길을 가다가 환경이 달라졌다고
어떤 작은 이익이 있다고 공동의 목표에서 벗어나면 안된다
평생 살아가면서 지켜야 할 마음가짐
사소한 일에서 이웃과 원만히 지낼 수 있는 조건은
믿음을 주는 한결같은 사랑의 마음이
평범하게 살아가는데 있어서 으뜸이라 아니할 수 없다

수양

수양은 산속 깊은 곳 바위에 앉아
두 손 모아 기도하는 스승의 참회

수양은 마루 위에 아이들 놀다 간 흔적 지우려
온 정신을 쏟아 걸레질하는 여인의 모습에도 있다

바람과 자연이 속삭여주는 적막한 곳에서
온 정성 다해 마음 닦아 높은 경지에 이름을 말하나
평범한 사람들의 수양은
일상생활 환경에서 이루어진다

잡생각하지 않고 한 가지 일에 진심을 다하여
정성을 드린다면 내면의 정신세계에 힘이 생겨
수양이란 내면에 공이 쌓이고
잠재되어 가는 정신의 강한 면이 은연중에 풍겨
눈시울에 나타나는 사람의 인격이다

늘 수양을 일처럼 하는 분이 아닌
보통 사람에게도 수양의 향기가 있다
그래서 세월 흘러 나이 들면
얼굴이란 과거에 어떻게 살았나 알게 해주는
척도가 되는 것인지 모른다

일상

편안한 나날 보내고 싶은 인생
마지막 희망이 있다면
덜 아프고 조금씩 행복한 여유 즐기며
살고 싶은 인생살이

손가락 꼽아보면 지나온 삶은
길고도 긴 여정

눈 감아도 잠 못 드는 길고도 긴 밤
꿈도 아닌데 생시처럼 물결치는
아예 그 속에서 머물고 싶은 젊은 날 환상들

늘 몸부림치는 일상 벗어나려
옛날의 기억 한 장씩 색칠하여 덮어놓으면
후회하지 않고 위로받는 일상들
젊은 날 보다는 알차게 보내고 있다고
믿고 싶은…

많이 살아 온
흔적이 있는 일상

먼 훗날

먼 훗날 고이접어 간직한 님의 향기
그리운 그날이 오면
사월에 활짝 핀 꽃들이 줄기에 매달려
눈부시게 별빛처럼
바람에 속삭이던 날 그리워질 때
언제 어디서나 내님 돌아올 날 기다리리

활짝 핀 꽃잎의 꽃비로 금세 떨어지는 내님 향기로
달려올 듯 하지만 가까이 다가서지 못하는
기다림이다

먼 훗날 사랑하는 내 아이처럼
가슴에 꼬옥 품어 안기던 날

잊혀진 기억은 고요한 은빛의 달빛으로
찾아와 가신 님의 향기 풍겨올 때
님 가신 사월에 피어나는 꽃처럼
다시 피어날 날 기다리는
먼 훗날 고이 접어 간직한 님의 향기

그리운 그날이 오면…

세상 떠나간 날 잊지 못하고
평생 그리움으로 기억하는
부모님 제삿날

부부

아들 나이가 46세 되는 날
거울에 비쳐진 늘어난 주름살과 영혼이 빠진 듯한
눈동자에 새겨진 모습은 가슴을 시리게 한다

삶이 당당하고 어떤 일이 닥쳐도
무섭지 않던 젊은 시절에
고희 나이가 되면 여유 많아 부부 더 많이 대화하고
사랑하리라 여겼건만 지금의 시간은 과거의
시간보다 세 배 빠르다

둔탁해진 육체의 시간들은
성과 없는 바람과 같다

오늘은 그대 손 잡아보고 지난 얘기 하며
사랑하리라 다짐하지만 또
밤이 되어 그이는 잠들고
나는 잠이 안 와 온 세상을 잠시 헤매고 있는 동안
온몸만 아플 뿐이다

하루가 빨리 지나가는 늙음의 시절에
잠 안 오는 긴긴밤
부부의 긴 밤은 각자
온 세상을 헤매며 꿈꾸고 있다

소망

꿈과 소망은 어떤 차이가 있을까
꿈은 막연한 상상 속에서 이루어 보고 싶은 것이다

소망은 자연의 현상 속에서 순리대로 이루어져야 하는
기다림이다

꿈은 멋있고 상쾌하고 환상적이다
어릴 때 잠자리에 누워
잠들기 전
공상의 나래 속에서 펼쳤던 세상

소망은 조금씩 희망이 되어가는 바람이고
현실적이고 정당한 사유 속에서
이루어져야 할 가치이다

살기 좋은 세상이 되기 위한 소망
누구나 올바른 양심으로 살아간다면
소망하는 일들이 이루어져야 하는
소망은 꿈이고 기다림이다

자식

부모한테 효도란
특별한 것이 아니다
너희들 건강히 잘 사는 것

부모란 어떻게 결혼한 자식을
대해야 하는 건지
헌신 사랑 물질적 공세
이런 것보다 더 큰 것
절실하게 부모 맘을
다스려야 할 일은 자식의 잘못을 용서하는 것이다

부모의 마음을 서운하게 상처 준
자식에 대해 말로서 해줄 수 있는 것은 없다
격한 감정에 잔소리로 들릴 뿐이다

자식이기에 이해하는 것
자식이기에 거울이 되어 내 삶을 보여주는 것 외에
내 몸의 일부를 나누어 받아 태어나고 자란 자식이기에
잘못을 했어도 용서하는 것이다

사과를 하지 않아도
부모는 자식을 사랑하고 용서하라

세상이 변한다고 해도 자식에 대한
헌신적 사랑은 변치 말자

아픈 날

꿈꾸던 아픈 밤을 자는 둥 마는 둥
세상의 기적처럼 희망이 기대되는 아침이 오면
파킨슨 병에 지친
10년을 괴롭혔던 병은
변해가는 그녀에게
묘한 눈으로 바라보며 춤추게 한다

감동을 주고 가는 즐기는 춤이 아닌
머릿속부터 뒤집어 놓는
슬프고 야속한 왼쪽 팔 다리가 저절로 흔들리는
불행을 알려주는 흔들림의 춤

오른손으로 꽉 잡아주어야
진정이 되는 춤의 광기

또 스스로 언제일지 모르는 세상
떠나가는 날 다가올지 추측하여
슬픈 미소로 아픔을 달랜다

연속적으로 일어나는 일이니 놀라지 않고
어린 시절 사랑했던 음악을 기억하고
음악 속에서 세상 마감하려 했던 소망

가슴에 다시 새기며
저절로 흔들리는 신경의 흐름도
리듬에 동화되고
춤으로 받아들이자

산토리니

그리스 산토리니 항구에서 바라다보이는 언덕
깎아지른 듯 곧 무너질 듯한 오래된 지층에 융기한 계곡

귀한 보물은 숨겨져 보이지 않고
마음만 서둘러 다가가고픈 순간
꼬불꼬불 절벽 길을 버스로 오르다보면
보이기 시작하는 곳 하얀 언덕

하얀 집들 감탄하고 칭찬하고 싶어져
산토리니 전경을 한눈에 집어삼키면
거센 바람이 몰아치는 극한 상황들

아름다운 천혜의 자원으로
신의 재주로 꾸며 놓은 듯한
아기자기하고 정성이 가득 담겨있는 집들
길 외부 지붕 온통 깨끗한 흰색으로 받아 넣은
욕조의 물은 눈이 시린 하늘색이다

조상들의 지혜가 영광스럽다
순백색의 하얀 빛깔이
눈부시게 반사되고 있는 건물들

눈속에 담아 가고파 점점 다가오는
떠날 것 같은 흰색의 폭탄이 폭발해서
더 이상 잡고 싶은 것이 없어지는
하얀 마음의 대평원처럼 느껴진다

산토리니에서 기억하고 싶은
사랑의 흔적은 가슴에 새기고
하얀색의 담벼락에 기대어 둘러보면
거센 바람 몰아치는 언덕 아래
걸레질하는 아가씨의 수고가
먼지가 없는 산토리니에 자리매김하고 있다

산토리니는 하얀 면사포 쓴 신부이다
청결한 마음으로
늘 깨끗하고 청순한 이미지 보여주고
원초적 욕구로 자극하는 사람들의 노력으로
이루어진 보물섬

사랑하고 널리 알리고 싶은 산토리니
순수한 순백색의 집들과
하얀 담벼락이 평화롭게 내려다보이는
가을 바다에

강렬한 햇살이 반사되고
사랑의 빛깔로 넘실거리고
돌아가는 여행객들의 눈빛이
사랑과 희망으로 넘실거리고 있다

아름다운 꽃

꽃 중에 가장 아름다운 꽃은
아가의 미소일 텐데
아가의 출생률은 세계에서 꼴찌란다

고개 들어 눈만 돌리면
화사한 꽃들이 만발한
아름다운 풍요로운 세상

아름답게 사랑하던 그대들은
어디로 숨었는지 세월은 잘 흘러가고
환경은 변했다

나이 들어갈수록 점점 둔탁해지고
메마른 가슴에 사랑을 주는 어린 생명
나라의 꽃 아가의 미소

얼마 전에는 더 잘 사는 나라에서
아이 적게 낳자고 계몽했는데
이젠 애기 낳는 젊은 부부 많지 않다

희망이 보이지 않는다고 걱정하다니
미래 예측은 쉽지 않지만 아름다운 꽃을 피우는 것은
노력하고 이 한 몸 희생하지 않으면 피울 수 없다

내가 멋있는 꽃으로 피어 있길 바라지 말고
이 한 몸 희생해 거름이 되어 더 아름다운 꽃을 피울
사랑의 미소, 아가의 미소가 많이 피어났으면

아무것도 아닌 걸

사람의 자존심이란
고상하고 우아한 삶의 우상인 듯 해도
자존심은 때론 버리고 낮은 자세로
이웃을 대하는 생활이 좋다

아름답게 살고 싶어 우아한 척 살아가던 날
하루하루 찌들어진 생활 모습 보이기 싫어
가슴 꽁꽁 묶어 자존심 숨기던 날
겉으로만 평화로운 부유한 삶 펼치고
고통에 빠지게 하는 잡스런 생활의 그늘에 숨 가쁘게 살아오다
모든 것 풀어 어두운 모습 헤쳐 놓아도
흉이 되지 않는 멋진 노년에
자존심 뭉개고 세상 밖으로 나가기를 꿈꾼다

왜 그랬을까? 아무것도 아닌 걸
소통하지 않고 가두어두었던 아픈 가슴
그 알량한 자존심 때문에
세상 밖으로 날아간 자존심은
이렇게 가벼운 것을
아무것도 아닌 걸

서로 이해하고 대화했다면 가벼워질 마음은
아픔에 허덕이는 숨기고 싶었던 자신의 몸뚱아리가
더욱 가벼워져 아픔이 쉬이 사라졌을 것을

아무것도 아닌 것 그 자존심을 떠나보내며
힘들었던 젊은 날들을 회상한다

어느 젊은이와의 대화

운치 있고 옛스러운 멋이 그윽한 집에서
미친 짓을 하고 있었던
아줌마의 자화상이 생각난다

복부인 빨간 바지
나는 왜 웃으며 즐기며 얘기했을까
진정 나의 삶이 자랑스러워서
아니면 행복해서
젊은 사람 앞에서 미친 짓을 하였다

사려 깊지 못한 바보였기에
속을 홀딱 뒤집고
숨길 줄 모르는 솔직함이 병이다

그대들이 원하는 것은 진정 뭐란 말인가?
그대들은 풍요를 즐길 줄 아는
진짜 멋쟁이

오직 한 가지 일을 열심히 하고 살아왔으니
어느 곳에 펼쳐놓아도 부끄럽지 않은
내가 말할 수 있는 것은
미친 짓도 내 팔자이다

아픈 것도
운명에 적응하며 사는 것도 팔자지만
사회의 암적인 존재는 되지 말자

나만의 철학 속에서 진정한 멋을 추구하고
멋을 갖고 나갈 수 있는
고상한 눈빛을 만들자

빛나는 내 모습을 비출 수 있는
거울들

돈이 아름다운 눈빛을 만들지 않는다
내가 하고 싶은 꿈의 세계
바라고 싶은 간절한 소망이
내 몸의 거울이 되도록
비출 수 있는 큰 거울이 되자

간절한 소망
어릴 때 마하트마 간디를 읽고
꿈꾸던 꿈

미친 것도 정도를 벗어나지 않으면
남에게 피해를 주지 않는다

내가 본 그대들의 생활 속에 무언가가 있다

흔들리지 않는 자신만의 그 무엇은
그걸 찾기 바라며
지금의 자신감을 지켜 나가길 바란다

지나간 추억

늘 새로운 삶을 살고 싶어
하늘을 떠돌며 속삭이는 별들처럼
아무 일도 일어날 것 같지 않은
마음 속 깊이 간직한 사랑

수없이 지나간 세월의 흔적은
나만의 소중한 사람은
아무 일도 없었던 것처럼
괴로워하고 아픔 참아낸
지난날

순간순간 기억하고 영원히 지속하여
바라는 속내는 아름다운 청춘을
잊어버리고 싶지 않아서이다

내일
우리는 오늘과 다른 삶을 살겠지?

새로운 기쁨
아름다운 사랑
긴 삶의 흔적은 아련한 꿈속인 양
기억 속에 간직되고 지난 옛 추억도
아름다운 사람들의 기억도
세월 따라 잊으며 살아가게 한다

가을 밤에
뜰에 나가 쌀쌀한 마음속 파고드는
계절의 향기 맡으며

잠못 이루는 밤

은하수 보이지 않고
풀벌레 소리 심란하다

지구의 모든 삶을 달구던 폭염은
한순간에 사라지고
가을꽃 지는 외로운 마음은 반갑지 않고
적막감에 쌓이네

세월이 많이 흘러갔다고
삶의 변화가 심할 듯해도
분별력도 자꾸만 잃어가는 노인은
어딘가에 중요한 보물을 놓고 온 듯하다

비밀로 간직하고 싶은 가슴속 이야기
장롱 속에 가두고 조용하고 평화로운 삶을 살고 있는듯해도
겉으로는 귀여운 손자 사랑하며
늘어가는 주름진 얼굴을 감추려고
모여서 지난 옛이야기 펼쳐보지만
모두 다 똑같은 표정으로
"또 가을이 되었구나"

회갑이 지나면 삶은 보너스야 넋두리 하며
빨라지는 세월의 변화에 대응하지 못하는
인생의 헛발질하는

그래서 욕심을 버리는 선한 사람이 되어 간다
나이를 먹어가는 사람들이…

바꾸자, 잊자, 잊어버리자

나의 기억 속에는
꽃가마 타고 시집 가는 날 같은
기쁘고 좋은 일만 남기고 살자

꿈을 이룰 수 없는 조건들 때문에
갈등하고 가슴 졸였던 나를
이젠 그렇게 만들지 말자

최선의 방법 찾기 위해 밤새 깨워 맞춰야 했던 생각들
지혜를 얻기 위해 간절히 기도하는
긴 시간에 숨 막힐 것 같은 고통을
이제는 억지로 하지 말자

세월 가는 대로 웃으며 살아가라
굳이 잘하려고 잘 살려고 애쓰지 말고
태어날 때 지고 온 운명처럼 자연스레 살아가자

남한테 잘 보이려고 예뻐지려고
외적인 아름다움을 추구하던
정신없이 바쁘게 살던 방식도 바꾸자

평생 걸려서 생긴 병이라
생활 방식 바꾸더라도 낫지 않겠지만
이젠 자연인으로 살아가라

아름다운 세상

아름다운 세상을 기다리는 곳
갑자기 따뜻한 봄바람 불어오면
벚꽃은
한꺼번에 피어 파도물결 일으킨다

도로변에 심어져 매연의 꽃빛깔
선명한 색 아니어도
꽃은 하고 싶은 말 전하고 싶어
바람 따라 부르는 사랑의 노래

아름다운 꽃 잘 살고 있다는
소식 전하고픈
꽃 피는 봄날엔 걱정거리 모두 접어두고

꽃의 향기로 열린 마음은
살기 좋은 세상

별빛처럼 밝고 아름다운 바람에
출렁이는 파도처럼 속삭이며
몰려오는 꽃의 군무는 환상적이다

오래도록 머물지 못하고 곧 떠날지라도
봄에 피어나는 의무 다하고
벚꽃은 금세 지더라도 맡겨진 임무를 다했다고
벚꽃에 햇빛 비치면
속살 순수히 피어나고 꽃 피는 봄날에 사랑이 밀려온다

또 다음 해에 꽃필 것을 기다리면서…

4부

사랑이 부르는 노래

그대 사랑

날씨가 추워지면 제일 먼저 눈에 띄는 것은
노오란 은행나무 잎이다
초록색 싱싱한 청춘 변할 것 같지 않던
야무진 이파리는 노오란 색으로
물들어 반짝이면
여름 내내 시달렸던 자연의 재해도 망각한다

홍수, 무더위, 태풍으로 망가져 가는
사람들의 고통은 세월 따라 잊어가게 하고
오직 변하지 않는 것은 반백년
같이 살아온 그대

이 세상 온통 겁낼 것 없이 욕망대로
이룰 것 같았던 열정이 넘치던
오만한 젊음은 헛꿈으로 보내긴 했어도

우리에 남겨진 유산은
건강히 하루하루 지나길 바라는 소망뿐
덧없는 세월 노래하리라

지난 시절 소중한 옛 추억이
노란 은행잎의 황금 빛깔로 가슴을 울리는
멋진 가을날이었다 해도
똑같은 시선으로 아픔 다독여 준 그대만큼 빛나지 않으리
예나 지금이나 여전히 나만 기다려주는
내 사랑 그대

아가

세상이 변해서 나의 젊은 시절에는
아들만 원했는데
반백년이 지난 요즘은 딸을 더 소망한다

첫아이 아들로 낳은 며느리는
둘째로 딸이 태어났다
귀하고 예쁘고 사랑스런 아이다
같은 엄마 뱃속에서 배워 태어났는데
오빠가 시끄럽게 해도 울지 않고
조용히 눈감고 자고 있다

잠자는 아이 눈빛 보고 싶어
손녀딸 영혼과 대화하고 싶어
잠자는 아이 살포시 안으면
그걸 느낌으로 아는지 실눈으로 뜨다가
크게 눈을 뜨고 반짝이다가
웃는 표정까지 지어주는
정말 알고 웃는 것 같은 표정
지어주는 신생아

모든 능력이 소멸해가는 노년에
내 곁에 온
예쁜 아가 공주

허전함

집에서 생기를 불어넣던 손자 손녀도 떠나가고
남편은 청주로 가고 나 혼자 남아있는 집에서
평화로운 만족은 이상하게도 잠시 계속되었고
순식간에 집안에 무서운 침묵이 흐른다

왜? 하고 싶은 게 없다
머릿속은 아무것도 생각할 수 없다
몸이 움직여지지 않는다

아무것도 할 수 없다
갑자기 몰려드는 두려움

나에게 힘을 주고 열심히 일하게 만든 동기는 가족이다
예방접종을 한 후 바로 열이 난 후 아파
뇌수막염을 앓은 손자 후유증을 생각하면 눈물이 난다

왜, 이 고통을 감내해야 하는가?
마음의 행복과 평화는 서로 간섭하지 않고
부대끼지 않고 단출하고 편하게 살아가는 환경에서 오는 게 아니다
내 아이들 노래하고 얘기하고 먹고
집안 구석 뒤집어 장난거리 찾아 즐기는
가족들 시간 속에서 행복이 온다

조용해진 시간
행복한 웃음이 사라진 텅 빈 집안에 외로움의 주인은 떨고 있다
무엇을 해야 할지 생각조차 할 수 없는
갑자기 찾아온 허전함이 미세먼지 낀 뿌연 하늘처럼 끼어있는
노년의 고독

떠나야 하는

햇살이 창 너머 가득 펼쳐지고
아름다운 음악에 빠져 행복하던 날
가슴속에 간직되어온 꿈도
날아갈 준비하네

흐린 날 펴지 못하던 꿈을
한송이 꽃으로 피우기 위해
아름다운 삶의 진실을 간직하기 위해
망가지지 않기 위해
다듬어온 꿈

구월에 펼쳐지는 햇살의 꿈
산과 들에서 영글어가는 열매처럼
평생 꿈꾸어온 소망을 이루기 위해
할 수 있는 힘을 다 쏟아 살아온
젊은 날

언젠가는 넓은 세상으로 떠나가리라

이루어지지 않는 꿈을 날려 보내고
꽁꽁 묶여 숨쉬기 어려웠던 간절한 소원도
미완성의 꿈도 버려야하는
평화로운 날 준비해야 하는
떠나야 할 사람들

꽃잎 되어 떠난 소녀

귀한 집안 외동딸로 태어난 소녀가 아파했습니다
아직 세상 물정 몰라 순수한 사랑이 많던 웃음을
세상 사람들에게 선물로 남기고
소녀의 꿈은 한 소년의 사랑이 변치 않길 바랐습니다

수많은 별 중에 작은 별빛처럼
아름다운 맑은 눈에 슬픔이 가득 고여
사랑의 아픔 남기고 싶지 않아
소녀는 소식이 들리지 않는 곳에 숨었습니다

소녀가 아픈 것은 그대 때문이 아닙니다
엄마 몸에서 떨어져 나온
아름다운 꽃들이 피어있는 세상에 나오던 날
운명의 여신은
소년을 사랑하다가 떠나가는 꽃잎으로 부름 받았습니다

가슴이 아픈 소녀는 아름다운 모습으로
사랑하다 떠나가는 꽃잎 되어 소녀는 말합니다

잠시라도 사랑을 받을 수 있어 행복했다고
다시 태어난다면 영원히 사랑하겠노라고

짧은 인생을 간절한 사랑으로 노래 부른 소녀는
나무에서 떨어지는 꽃잎처럼 아름답게 살다가 떠났습니다
소녀의 넋이 이 세상 어딘가에서
영원하도록 이어지길 기도합니다

꿈

꿈꾸고 싶다

옛날에 정신없이 뛰어다니며 놀았던
그 시절

어머니가 부지깽이 들고 일어나라고 하시면
꿈꾸던 꿈 깨어 억지로 일어났던 일이 생각난다

놀아도 끝없이 놀고 싶었고
잠을 자도 계속 잠이 쏟아지던 그 시절
꿈속에서 자주 보았던 이글거리던 모습
엉겨서 꿈틀대던 뭉쳐있던 뱀들의 움직임
무서워 잠을 깼던 꿈

그 시절 다시 돌아갈 수 없지만
아름다운 꿈꾸며 청춘처럼 살고 싶다
무슨 일이든 할 수 있다고 꿈꾸고 싶다
하늘이 내 육신에 상처를 준대도
아픈 몸으로 꿈꾸며 살고 싶다

금세 실망으로 돌아온다 해도
계속해서 꿈꾸고 싶다

잠자면서 꿈꾸는 행복한 꿈
이상을 세우고 조금씩 다가가는 꿈
꿈이라면
모두 꿈꾸며 살고 싶다

작은 행복

밭둑에 떨어진 도토리
작은 돌멩이처럼 비슷한 색깔로
누워서 흙으로 돌아가고픈 도토리들
어린 손녀가 '도토리다' 소리 지르며
집어든 순간 도토리 여행은 시작되었다

한주먹의 도토리를 남겨두고 돌아간
손녀의 재롱들이 스칠 때 어릴 때 작은 소망 떠올라

조그만 산 위 도토리나무 밑에서 주워온 도토리
어린 시절 동네 뒷산 헤매며 주워온 도토리를
어머니가 맛있는 묵으로 만들어주면
먹기 싫다고 했는데 점점 나이 들어 갈수록
어머니의 손맛이 그리웠다
옛날 어머니가 만든 도토리묵을 맛있다고 하던
동네 아주머니들처럼
그 맛 그리워 도토리묵을 만들었다

정성을 다해서 맛있게 만들어진 도토리묵
처음 만들어 성공한 이 행복한 환희
어떻게 만드는지 해보고 싶었던 작은 소망
잔잔한 행복이 혀끝에 감돈다
그래 훗날 무슨 일이든 할 줄 알아야해
어떤 일이 닥치더라도 극복하고 살아가야 할 힘을 기르는 것을
생활신조로 간직해온
젊은 청춘의 세월
소중하고 보배로운 지나온 내 인생의 목표

빛 1

아침 햇살의 빛은 다정하다
하지가 한 달 남아있는 봄이란 단어가
미안한 절기
지구는 달구어지지 않았는데 뜨거운 여름이다

나무의 어린 잎새가
잡티 없이 순수하게 환히 빛나고 있는
감나무 대추나무 꽃피우고
에너지 충전하는
목련이나 목단 잎새는 산모처럼 흔들린다

반짝이는 어린 잎새는
올리브기름 바른 듯
매끄럽고 반짝이는 빛

머언 옛날부터 열매 맺어
조상의 얼로 이어온 잎새들은
가문의 대를 이어주는 아가의 탄생처럼
빛이 나는 건 운명이고 진실이다

빛 2

아침 햇살 반사되어 수정처럼
빛나는 나무 잎새들
유난히 맑은 감나무 잎과 대추나무 잎사귀
어린잎들이 사랑스럽다

깨끗하고 맑아서 하늘이 반사되어
연한 이파리들이 반짝이는 것은
공주의 유리거울 방처럼
비밀을 숨기고 있다

옆에서 꽃을 피우고 에너지 충전하는
목련 모란의 잎새는
산모처럼
핏기 없는 얼굴로 흔들리는데

열매 맺어 가문의 대를 이어가는
아가 탄생처럼
어린 잎새가
빛이 나는 것은 운명이리라

유난히 빛나는 어린 연한 나뭇잎새
사랑을 숨겨놓듯…

며느리

우리 아가
아들의 아내로 우리집에 시집 왔으니
갓 태어난 아가이다
모든걸 새롭게 시작하고
그동안 익혀 왔던 생활습관도
생각과 도덕적인 이상의 가치도
시댁의 가풍에 맞추어야 하니 새로 태어난 새아가이다
사랑해주어야 할 며느리

시집온 지 10달 만에 진통이 온다고 연락이 와서
한걸음에 바삐 달려온 산부인과에서
아들을 낳고 침대에 누워있는 며느리 본 순간
손자를 낳아주어 고맙다는 느낌보다
여자의 일생이
가슴 아프게 내 마음에 와 닿았다

하늘이 노랗게 보일 때까지 아파야
아기가 나온다는 고통과 고생했을 시간들 상상해보면
기쁨보다 진통이 계속되어 무섭고 괴로웠던 시간들
침대에 외롭게 누워있던 그 모습은 잊을 수 없다

며느리 믿어주고 아껴주고
딸처럼 사랑해주어야 할 그날의 애처로움

남편이 옆에 있어도 혼자서 산고를 치러야 하는
여자의 일생이 며느리를 딸처럼 아끼고
사랑도 똑같이 나누어주고 싶다

애수

말하고 싶은
이유가 있는 날

내 마음 이해해 주는 사람 없어
가슴에 쌓아둔
아픈 사연

누구를 만나야
가슴열고 털어놓을까

그리움이 달빛에 녹아들어
고요한 적막이 깃드는 밤에
아픔이 몰려오는 것은
빗나간 운명의 선택

꿈이 무너질 때마다
밀려오는 아픔

꿈은 내일을 향한 희망의 노래이다

무너지고 또 새로 피어나는 꿈
고요한 달빛만큼 슬픈 정경
사랑하고 싶은 그윽한 쓸쓸한 밤에
그리운 그대

가슴에서

무서운 더위가 매미 울음도 삼키고
처서가 오면 한풀 꺾인 썰렁한 피부 느낌
가을의 문턱에서
한밤중 창문 틈 사이로 들려오는 빗소리
과거를 회상해준 순간순간들

등잔불 아래에서 밤늦도록 책 읽고 있다보면
바깥마당에서 키질하여 콩을 밤새 고르는 어머니
한가마니씩 키질한 팔이 얼마나 아플까
생각도 못하고 책에 빠져있는데
어머니는 어느 순간에 너무 지치면
책보고 있는 내게 석유 아깝다고 야단치셨다

차마 엄마 좀 도와줄래 하고 말할 수 없어
어린 소녀시절 어머니 돕질 못하고
밤새워 책을 보는 내게
역정 내시던 가슴 무너지는 소리가
계속되는 가을밤의 빗소리 속에서 들려온다

딸의 머리채 잡고 고통에 몸부림치시던
어머니의 한숨이 잊혀지지 않는다

세상은 잔혹하다
과거로 돌아갈 수 있다면
가슴에서 우러나온 사랑으로 보듬을 수 있는 사랑
표현할 수 있는데 그 당시, 내 가슴에서는
책속의 이야기들이 가슴에서 출렁이고
상상의 세계로 끌고가는 책들의 이야기에 빠져있던 날

망고와 식혜

앞집 형님 40년 이웃하여 사는 동안
미운 정 고운 정 겹겹이 쌓여 잊을 수 없는 형님
낭군님 먼저 환자로 살아가셔도
구순에 가까워지는 세월에 허리가 굽은 연세에도
남편 내조 잘하는 형님

항상 미덕의 경쟁자이면서도
배울 점이 많은 형님이
담 너머로 손짓하여 주신
무더운 여름날 식혜 두 병

갈증과 무기력을 치유하는
달콤한 맛있는 식혜

자랑 할 수 없어
형님 몰래 외국여행 다녀온 지 얼마 안 돼
기억 속에 그곳의 잔영이 훤하다

세끼마다 챙겨주던 식당 사모님 정성스런 음식과
달달하고 시원하던 망고
정성과 아끼는 정이 녹아들어간
식혜의 맛과 망고의 맛이 똑같다는 생각이 든다

무더운 여름날 시원한 달콤한 음료 식혜
입에서 살살 녹던 망고의 부드러움
고향 사람들 정에서 느껴지는 음식의 맛은
그 맛은 다르나 한국인의 정은 똑같다는 생각해본다

결혼기념일

8월 6일 무더위가 최고로 심한 날
아버님이 잡아주신 결혼 날짜

며느리로 맞이하기 탐탁지 않아
잡아주신 날이라고 믿었다
결혼식 날 주례 선생님은 우리의 사주팔자에
액이 많아 이 날짜만큼 나쁜 날 오지 말라고
극복하며 살라고 잡으셨다는 의미 깨닫는 날은
결혼한 지 오랜 세월이 흐른 후

46주년, 세월은 빠르다

결혼하던 날은 다행히
비와 폭풍이 지난 후
흐린 날씨와 가끔씩 떨어지는 빗방울로
초가을 날씨처럼
에어컨 없는 결혼식장은 견딜만 했었다

세월이 흐른 후 8월 6일은 무더위가 절정이다
여름휴가의 최고 막바지
에어컨의 냉기가 잘 돌아가는 식장안은 아무 변명이 없다
왜 이날 잡았는지 그 이유를 깨달은 지금
부모님께 감사를 드린다

모든 걸 극복하고 정말 잘 살아오고 있으니
힘겹고 어려웠던 일
다 이겨내고 살아왔으니…

마음

옛날 어릴 적 형제들 아홉이
모여 살던 오두막집

부모의 희생이 온상의 거름이 되어
줄기로 주렁주렁 매달려 지내온 것이
평안이고 행복이었지만

지금 그 사람들 갈 곳이 정해져
떠나간 형제의 그리움이
잊혀져가는 날

또 새로 태어난 내 아이의 사랑스러운
육아 방법이 바뀌고
감당하기 어려워 귀한 보물로
대궐 같은 집안에
이 세상 하나밖에 없는 자손

한집에 살며 키울 수도 없고
하루만 아이 돌보면 지치고
또 각자의 집으로 돌아가면
시원함보다는
멍한 안정되지 않는 그 마음 무엇일까?

잠시 방황하는
텅 비어있는 외로움

김장 김치

마당에 심어놓은 배추
안 심으려다 심심할 때 오가며 살피라고
연약한 어린싹을 심어
물도 주며 가꾸고 벌레도 잡아주고
무우도 씨 뿌려 예쁘게 싹이 돋았다

무우청은 싱그럽게 잘 자라
백옥 같은 뿌리는 김장용 무로
무우청은 시래기로 저장되어
김장하던 날

힘들고 몸이 아파 이번이 마지막이지 하고
배추 절이고 시장 보고
방앗간에서 고추도 빻아오고 새우젓도 사고
동생이 적극적으로 도와주니 무사히 끝났다

세 아이들에게 나누어주고
서울에 와서 맛보면
이 세상에서 맛볼 수 없는 맛이다

연한 듯 아삭한 김장김치
어린 손주들을 위한 초정 약수로 담근 물김치는 특별한 맛이다
다시마, 북어, 표고로 육수를 내고 찹쌀풀 쑤고
여름에 담아논 효소는 배추 속을 버무리는데 쓰니 일품이었다
그래도 일등 공신은 채소를 가꾸고 키운 남편의 정성
벌레를 매일 손수 잡아주고 물 달라고 목청 돋우는 채소에
가끔 물을 주고 사랑으로 기른 남편이 최고이다

사랑이란

사랑을 하게 되면 예뻐진다는 말처럼 사랑이란 달콤하고 아름답다
어릴 적 부모님의 사랑은 따뜻하고
마음을 공손히 감싸주는 사랑이다
심장에서 샘솟듯 정열이 넘치는 청춘의 사랑은
강한 힘이 있어 세상을 미치게 한다
젊음의 사랑하는 마음은 이성으로 다스리지 못하고
감성적인 눈빛에 꽂혀진 사랑이다
사랑하는 하나로 모든 걸 줄 수 있는 잠재력도
고난의 아픔도 이겨내게 한다
그러나 세월 흘러 사계절이 지나가듯
사람들도 나이 들어 신체가 망가져 갈 때 사람도 변해 간다

사랑은 호수에 담긴 물이 아니고 흐르는 물처럼 변해 간다
사랑은 담겨진 물처럼 갇혀 있는 물이 아니고 흐르는 걸
사랑은 이 위에서 솟아나 흐르는지
마음과 마음으로 손길 닿는 감격의 부드러운 속성으로
사랑은 전해진다

흘러가는 사랑의 정체는 새 생명이
고귀하고 애틋한 원초적 사랑으로 머문다

흘러간 사랑의 머문 자리에 새 생명이 꿈틀대고
행복의 보금자리 완성 후 사랑을 전해준
어미 세대의 사랑은 흔적만 있을 뿐이다

점점 메말라가는 감정과 잊혀져 가는 과거의 아름다운 이야기는
한쪽 가슴에 깊숙이 간직하고 특별한 날 보리라

일하지 말고

일하지 말고 즐겨라
먹고 싶으면 먹고 마음껏 즐겨라
오늘 남기지 말고 모두 써라
이렇게 주장하는 강사의 주옥 같은 말들이 회자되지만
나이 먹어 늙은 사람은
노년의 할 일이 무엇인지 모른다

아직 경험해 보지 않았으니 모를 수밖에
마음속에 있는 사랑마저 흘려보낸 노인네
하고 싶은 말은
먹고 놀고 잊고 살아가는 기본적인 욕구는
사랑이 아니다

노년에 꼭 보고 싶은 것은
나의 가족이 진정으로 행복하게 살아가는 것을
보는 것이다

물려받은 사랑을 그 이상으로
다른 사람에게 전해주는 걸 보며
마지막 길을 가고 싶은 것이다

노인이 진정으로 원하는 것은 불평 없이
자손이 잘 살아가는 것을 보며 죽고 싶은 것이다

바쁘다고 눈 감으면 현실 같은 지난날 잊을 수 없어
허리 동여매고 꽁꽁 숨겨야 했던
서러워서 울고 싶었던 시절

기다림

달빛이 변명하고 싶은 비비꼬인 열매의 숨결이
은근한 속삭임을 수없이 주어도
깨닫지 못한 기다림

세월의 몇 바퀴 돌고 돌아 꽃이 피고 지는
인연이 수없이 지난 후
되돌아와 가슴 울린 기다림을 사랑하리라
네 영혼을 사랑하다

되뇌어본들 울림은 허공에 부서지고
손길 닿을 곳 없는 텅 빈 공간

정해진 인연, 소중함에 잠 이루지 못하고
얼굴에 떨어야 했던 숱한 날들 속에
밤을 새며 가슴으로
헤아리고 있던 기다림

깨뜨릴 수 없는 사랑의 조건은
밤새 울던 부엉이
꿈 찾아 둥지를 틀고 견뎌야 했던
오랜 기다림은 어디메쯤 가서 쉬고 싶다고
노래 부르던 영혼은 떠나고
옹달샘 기다림에 물은 남았다

문풍지 사이로 들어오는 찬 겨울에
찬 바람처럼 온몸 시리게 했던
기다림

오, 사랑아

겨울, 메마른 삶의 황량한 바람 불어
외로움에 떨고 있던 겨울산에
아름다운 사랑이 흐르던 젊은 날
진통을 겪은 후 첫 아이 출산하고
기적 같은 안정과 행복이 찾아오던 그 옛날처럼

아름다운 꽃이 피어난 후 꽃잎이 지고 나면
산의 나무들은 연두색 색상이 풍성하게 피어나는
사시사철 아름다운 계절처럼
사랑아, 날개 핀 새봄에 피어나는 사랑스러운 애기

눈 가진 잎새들 진통 후 태어난 기다림의 내 아기처럼
산에도 나무에도 새싹 돋아나듯
아름다운 세상 파랗게 물들이면
온 세상에 사랑의 물결 밀려온다

아픔이 있었으면 곧 우리도 행복해질 사랑이
사랑이 오리라는 걸

사랑아, 자연보다 더 아름다운 사랑아
다시 삶의 진통이 지난 후 만나길 기다리리라

다시 태어난 후
아픔과 슬픔과 노여움을 모두 버리고
산에서 계절마다 변해가는 나무처럼
살아가길 기다리리라
오, 사랑아

슬픈 사랑

마음속 깊이 사랑해도
이룰 수 없는 슬픈 사랑이다
사랑은 옆에서 지켜보고 숨결의 온기를
매일 느끼고 무엇이든 해주고 싶어
희생해도 슬프지 않을 것이다

북극에서 날아온 냉기는
모든걸 꽁꽁 얼게 한다

사랑을 줄 수 없는 이루어지지 않는 사랑은
자연 현상의 냉기보다 차갑다
자연의 냉기보다 무섭게 다가오는
차가운 사랑의 결말은
가슴에서 눈물 나게 하고
아름다운 꽃으로 피어날 수 있게
승화된 사랑은 잊어야하는 슬픈 사랑이다

모든 환경과 법이 변한 세상에서
이루어질 수 없는 슬픈 사랑은
내가 사랑하는 아이들에게 사랑하는 법과
슬픈 사랑을 극복하는 내리 사랑을 어떻게 전해줄지…

아끼고 보호되어야 할 슬픈 사랑의 이야기
순수한 첫사랑의 추억이 사라진 현대에서
운명처럼 다가오는 사랑만 찾아야 하는
나의 사랑얘기는 변함없으리

회상

과거에 이루어지지 않은 소원
간절한 기도 올릴 때 침묵하고
숨소리도 나지 않는 잔잔한 물결처럼
어린 시절 영상 스칠 때
보드라운 바람처럼 가까이서 몰아치는
과거의 일들 회상하면 서글퍼진다

잊으리라
지나가버린 옛날의 일들 모두
운명이 아니라면 버리고 운명처럼 다가와
서로 사랑한 의지대로 살아가고 있는
나만의 사랑 그대를
더 많이 사랑하고 아끼리라

언제 떠나갈지 모르는 칠십대 노년
매일 매일의 시간이 황금 같은 중요한 시기에
체면 차릴 일이 어디 있는가
무조건 안기고 사랑하고 어제가 오늘인 듯
세월 묻지 않고 꿈꾸어 오던 사랑 노래 부르리

70대를 살아가는 노년에는
진실하고 후대까지
빛날 일들만 하고 살자

평화롭게 잠자는

그대 잠자는 평화로운 모습은
꿈길 속 아름다운 낙원에서
노래 부르며 춤추며
사랑하던 사람들 떠나보낸 슬픈
그리움의 눈물을 흘린다

영원한 사랑을 노래부르다
기다림에 지쳐 떠나간
영혼들

가고 싶다고 외쳐도
기다린다고 돌아오라 소리쳐도
산 메아리 쳐 돌아올 뿐
아련한 향기 남겨놓고 떠나간
사랑하던 사람들

어린 시절 잠자듯 평화로운 잠을 자는
그대의 등 뒤에서 흔들리던 오늘 하루
고단하고 불안했던 일상도
기다려오던 약속의 그날처럼 떠나간다
평화로운 잠을 자는 동안 아직은 더
건강하고 활기찬 내일을 바라보고 싶다

몸이 건강하지 못한
나를 도와줄 그대가
더 오래 건강했으면…